LA GRAN DESAPARICIÓN

LEÓN KRAUZE

LA GRAN DESAPARICIÓN

Diseño de portada: Planeta Arte & Diseño / Raymundo Ríos Vázquez
Ilustración de portada: Raymundo Ríos Vázquez
Foto de León Krauze: cortesía del autor

Bajo el sello editorial PLANETA M.R.
Avenida Presidente Masarik núm. 111,
Piso 2, Polanco V Sección, Miguel Hidalgo
C.P. 11560, Ciudad de México
www.planetadelibros.com.mx

Primera edición en formato epub: octubre de 2024
ISBN: 978-607-39-2052-0

Primera edición impresa en México: octubre de 2024
ISBN: 978-607-39-1911-1

Impreso en los talleres de Litográfica Ingramex, S.A. de C.V.
Centeno núm. 162-1, colonia Granjas Esmeralda, Ciudad de México
Impreso y hecho en México - *Printed and made in Mexico*

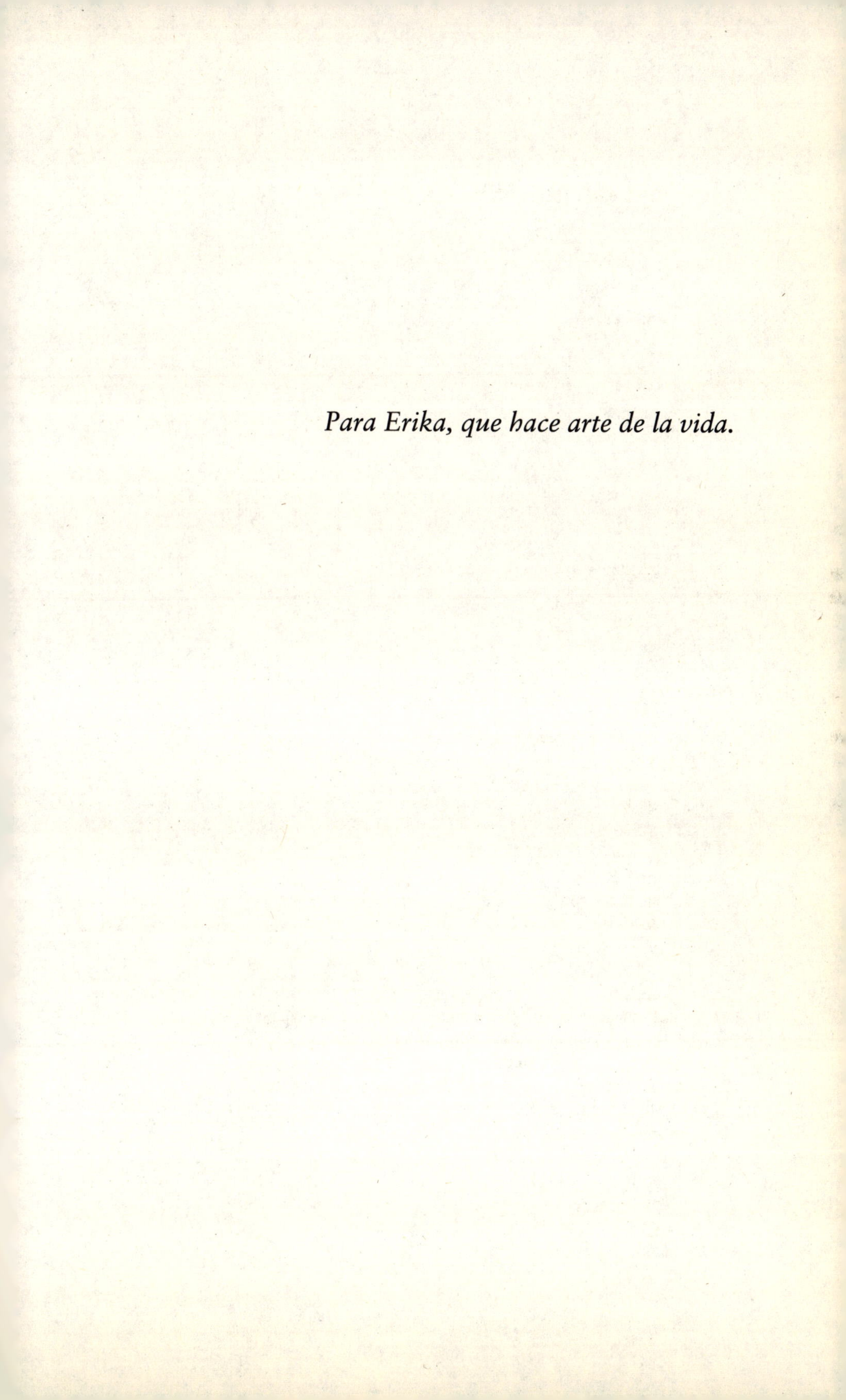

Para Erika, que hace arte de la vida.

1

El día que el mundo cambió, André Bonhomme siguió la misma rutina que había seguido los últimos cinco años de su vida. Poco antes de las ocho de la mañana se sentó a tomar un café en el estrecho balcón de su pequeño departamento, en la sexta planta de un edificio antiguo, pero bien conservado, exactamente a nueve cuadras del Museo del Louvre, en París. Era una mañana clara, de un azul con luz propia. Incluso después de haberlo visto todos los días desde su balcón, André no podía dejar de admirar el horizonte de la ciudad. No se perdía una sola mañana de gozo porque no siempre había tenido esta vista. Había llegado a París a los dieciocho años, decidido a dejar atrás el sur de Francia para encontrar un sitio en la capital. Callado y solitario, consiguió, en un sótano, una habitación que más parecía un armario. Con espacio apenas suficiente para una cama, el lugar estaba lejos de todo, especialmente del Louvre, el museo que André amaba más que ningún otro sitio en el mundo y donde trabajaba. Por la única ventana, André veía pasar a los parisinos apresurados, sus zapatos golpeteando el pavimento día y noche. Siempre tenía frío porque la iglesia al otro lado de la calle tapaba el sol sin importar la hora. Se sentía atrapado y triste en ese sótano. Pero nunca desfalleció. Al cabo de un año, consiguió ganar lo suficiente como para mudarse a este modesto estudio, en una buhardilla, bajo el toldo inclinado de un ático parisino, en una calle llamada Rue Blondel. Allí podía sentarse al aire libre y disfrutar de la vista, la luz y los colores de la ciudad y sus cielos. Eso había hecho toda la diferencia.

Los tejados de París son los mismos desde hace siglos y de pronto parece que la gente de la ciudad tampoco cambia gran cosa. André llevaba cinco años viendo a las mismas personas. La mayoría, sólo a lo lejos. Era demasiado tímido para hablar mucho tiempo con desconocidos.

Mientras bebía un sorbo de su taza de café, André vio a Anne, su favorita entre todas las personas que había encontrado en el barrio cerca de Rue Blondel. Quizá su persona preferida en todo París, sin más. Le parecía encantadora. Anne tenía la costumbre de aparecer todas las mañanas a la misma hora y abrir las ventanas de su departamento, al otro lado de la calle. Cada día, André contaba los minutos para poder verla, aunque fuera casi un parpadeo. Su esperanza diaria era que Anne le dirigiera una mirada. A lo lejos, André a veces parecía reconocer una sonrisa antes de que Anne desapareciera una vez más. No sabía mucho de ella, además de su nombre. Pero no eran un par de desconocidos. Habían hablado una vez —un intercambio rápido, en realidad— en el mercado. Para ella, la conversación probablemente estaba olvidada, pero André la recordaba bien. Ella le había preguntado si vivía al otro lado de la calle, en el pequeño departamento con el balcón de toldo blanco y azul. Él respondió que sí. «¿Desde allí se ve la Torre Eiffel, me imagino?», preguntó ella. «Ojalá yo tuviera esa vista». André había respondido alguna tontería y luego se había reprochado por no atreverse a ofrecerle a Anne un café y la oportunidad de ver la vista desde su balcón. O al menos algo de conversación, todo menos el silencio al que a menudo lo condenaba su timidez. Un día, pensó, quizá se atreviera a volver a dirigirle la palabra.

Cuando terminó su café, André dobló dos veces su servilleta de tela, cogió la taza y entró al departamento. No era gran cosa, pero bastaba para alguien como él, un hombre con un trabajo, una pasión y poca vida social. Se miró en el espejo, apretándose la corbata azul marino y el saco negro que llevaba todos los días al trabajo. Alto y muy delgado, apenas rozaba los veinticinco. Su pelo castaño siempre estaba ligeramente despeinado. «Pareces un niño hecho profesor», le había dicho su primo Lucas la primera vez que vio una foto de André con su uniforme diario.

Lucas tenía cierta razón.

André trabajaba en el Museo del Louvre. Pero no tenía un trabajo cualquiera. Tenía encomendada una de las tareas más importantes de ese museo y de cualquier museo del mundo. André montaba guardia junto a la *Mona Lisa*, el cuadro más famoso de la historia, pintado por un genio llamado Leonardo da Vinci. El trabajo de André consistía en mantenerla a salvo. Se pasaba el día de pie, justo a la izquierda de la obra maestra de Leonardo, mirando a la multitud por si alguien, en un momento de locura, intentaba dañar el cuadro. O, Dios no lo quiera, intentara robarlo, como había ocurrido casi cien años antes, cuando la *Mona Lisa* fue sustraída del museo y desapareció durante años. André estaba allí para evitar que algo así volviera a suceder.

André era un joven humilde de una ciudad relativamente pequeña del sur de Francia, y consideraba su trabajo como una vocación. La verdad es que si alguien le hubiera preguntado al André adolescente si alguna vez pensaba poder ganarse el honor de trabajar al lado de la *Mona Lisa* en el Louvre, probablemente se habría reído. Pero con el paso del tiempo, todo cobró sentido para él. André amaba el arte más que nada en el mundo. Más que la buena comida o las caminatas por el bosque. Lo había amado desde niño. La pintura había sido su compañera en momentos de soledad, cuando sentía que nadie más realmente comprendía quién era André y con qué soñaba. El amor de André por la pintura no era cualquier afición. Había estudiado y practicado. Había mirado los cuadros con tanta atención que a veces creía que podía contar el número de pinceladas y la dirección del pincel sobre el lienzo. A veces sentía que podía adivinar la intención del artista, el significado de una línea, de un rayo de luz, de una sombra enigmática. Sentía que lo *entendía* todo, de alguna manera.

Cuando estaba a punto de salir a la calle, André cogió las llaves que había dejado en la cocina y se aseguró de que el ventanal del balcón estuviera cerrado. No había ni una nube a la vista, pero no quería sorpresas. El verano anterior lo había dejado entreabierto y la lluvia había dañado dos de sus cuadros de paisajes. Al darse la vuelta hacia la puerta principal, André echó un vistazo a su caballete, el mismo que le había regalado su tío Louie cuando era adolescente. Tenía manchas de óleo seco por todas partes, prueba de las muchas horas que André había pasado frente a él, concentrado sin descanso en los pinceles y la paleta. El caballete sostenía un lienzo en el que había trabajado desde antes que llegara a París. Fue un proyecto que le sugirió su padre, antes de que la enfermedad le robara la voz.

«Deberías dejar de pintar el mundo e intentar pintarte a ti mismo», le había dicho su padre. «Y de paso suma un bosque, uno como el que caminábamos juntos cuando eras niño».

Y eso había intentado André: un autorretrato, rodeado de un bosque de pinos y cipreses, los grandes árboles que había visto en su infancia, vagando por los bosques cercanos a la casa de sus abuelos, donde le gustaba mirar hacia arriba y perderse en los mil rayos de luz que se filtraban entre las copas de los árboles. Su padre había muerto hacía unos años, y el lienzo seguía incompleto. André no se atrevía a terminarlo. Pensaba que había algo impreciso en la forma de su cara. La nariz le parecía torcida, rara, poco expresiva. Por mucho que lo intentaba, no le gustaba lo que veía. No era él.

André siempre había soñado con ser artista, y además se le daba bastante bien. La gente se lo decía y él mismo lo sabía. Pero no podía conformarse con ser sólo medianamente bueno con el pincel y el óleo. Quería ser *grande*, y para ser grande, un artista necesita algo más que pasión y habilidad. Tenía que ser capaz de ver cosas en el lienzo que nadie más podía ver. Tenía que revelar el mundo de una forma inesperada. Los artistas que se ganaron un lugar en los libros de historia, genios como Leonardo, o Rafael, o Rembrandt, todos compartían algo... *misterioso*. André no estaba seguro de poder pintar con esa mística.

Y por eso había solicitado trabajo en el Louvre el día que cumplió diecinueve años, casi recién llegado de la provincia. Su cálculo era simple. Creía que tal vez, si tenía la oportunidad de estar cerca de los cuadros más grandes de la historia del mundo, podría aprender sus secretos. Tal vez vería cosas que otros no podían ver. Y a pesar de ser muy joven y no tener toda la experiencia estrictamente requerida para ese trabajo, las autoridades del museo se encariñaron enseguida con él. Se dieron cuenta de que aquel joven alto, delgado y desgarbado, con ojos verdes y gafas, sabía cosas sobre arte que muchos otros no sabían ni apreciaban. Así que le dieron el puesto. Al cabo de unos meses lo enviaron a la *Grande Galerie*, y un año después a la sala 711 del ala Denon, un lugar maravilloso. El hogar de la *Mona Lisa*.

André había sido muy feliz allí.

Había sido muy feliz hasta que pasó todo.

2

André entraba en el Louvre todas las mañanas en cuanto se abrían las puertas para los empleados. Otros, como su compañero Jérôme, preferían esforzarse lo menos posible, llegar tarde al trabajo y marcharse cuanto antes. Para Jérôme, el museo no era más que un trabajo, un lugar donde ganar algo de dinero. Para André era algo muy distinto. Para él, el Louvre era la fuente de todo lo bueno del mundo. Le encantaba el olor de los viejos suelos de madera del museo y la forma en que la luz rebotaba sobre el barniz para iluminar suavemente los cuadros de las paredes. Le encantaba tocar el mármol frío de los barandales en las escaleras que subían hacia la *Victoria alada de Samotracia*, una escultura fabulosa y antigua de una mujer poderosa con las alas desplegadas, enfrentándose con gran valentía a una tormenta invisible. Sobre todo, le encantaban los cuadros de la galería. André podía describir cada detalle, desde los marcos hasta la pincelada más minuciosa.

Y luego estaban los rostros. Para André, las obras de arte de la *Grande Galerie* eran mucho más que personajes plasmados en un lienzo. Para él, eran personas vivas, con sentimientos, frustraciones y anhelos.

Para André, la *Virgen del jilguero* de Rafael no sólo estaba pacientemente sentada en un jardín: jugaba con los dos niños que tenía a sus pies. André descubrió que el *San Juan Bautista* de Leonardo da Vinci tenía un ingenio rápido y un sentido del humor bastante perverso, mientras que los hombres lúgubres de Caravaggio eran precisamente lo que parecían: embargados por la emoción, atrapados en el espacio entre la luz y la sombra. Cuando pasaba por delante de la *Grande Galerie*, André oía a menudo conversaciones y peleas al otro lado de la sala.

Había oído gritos de tristeza y expresiones inequívocas de alegría.

Realmente los había *oído*.

3

La verdad es que André Bonhomme creía en la magia. Creía en la posibilidad de que a veces ocurriera algo inexplicable y extraordinario. ¿Y cómo no iba a creer? Lo había experimentado de primera mano.

La magia, como el amor o la amistad, llega de improviso. Nos agarra de sorpresa, cuando menos lo esperamos. André tuvo su primer contacto con la magia cuando aún era muy joven. Ocurrió en el Museo de Bellas Artes de Lyon, al principio de una primavera, durante una excursión familiar con sus padres y su tío Louie. André recordaba haber tenido al menos diez años, pero su madre insistía en que era aún menor. Aunque los recuerdos de la infancia suelen desvanecerse con demasiada rapidez, André se acordaba del momento con toda claridad. Cuando la familia Bonhomme entró a la primera galería, el joven André salió corriendo tan rápido como pudo hacia el otro extremo del museo. Nunca supo explicar por qué lo había hecho. De niño era muy tímido y no le gustaba alejarse de sus padres, mucho menos en un lugar tan grande y misterioso como un museo, y menos aún en uno que visitaba por primera vez. Pero corrió: sus pequeños pies repiqueteaban contra el suelo del museo, los cuadros pasaban como árboles vistos a través de las ventanillas de un tren. Había entrado en otra galería, y luego en otra, y finalmente en otra. Cuando se detuvo y miró hacia atrás, sus padres ya no estaban allí.

André se encontró solo en medio de una pequeña sala, rodeado de rostros muy serios que lo miraban desde las paredes. Aterrorizado, no podía moverse. Y entonces, la vio. Allí, frente a él, una anciana le devolvía la mirada. Tenía el pelo blanco recogido bajo una cofia blanca y arrugada, y los ojos enrojecidos, inyectados de sangre. Pero la mujer no lo observaba como los cuadros normales, con sus miradas fijas e inmóviles. *Lo miraba de verdad*, como si observara a André desde el lienzo, a través del marco. Parecía una persona real.

—*¿Qué haces aquí, niño?* —preguntó de pronto, con voz ronca, la anciana del cuadro.

André sintió un rápido escalofrío, como si su cuerpo quisiera entrar en pánico. Había escuchado la voz con toda nitidez. No la había escuchado en su cabeza, como un invento suyo. No: esa voz venía de otra parte, venía... del cuadro. Su primer instinto fue huir gritando, buscando la seguridad de los brazos de sus padres. Pero entonces algo diferente se apoderó de él y empezó a caminar hacia la mujer retratada en el lienzo. Sentía como si saludara a un pariente lejano pero querido, después de una larga ausencia.

—Nada —le dijo a la mujer—. Estoy perdido.

—Nadie a tu edad está *realmente* perdido —respondió ella con gravedad.

Minutos después, los padres de André entraron corriendo en la galería. Su madre lo agarró, lo levantó y le dio una nalgada. Su padre se le quedó mirando y no dijo una palabra en todo el día, ni en el museo ni en el viaje de vuelta a casa. Sólo más tarde entró en la habitación de André con unas palabras para él.

—No vuelvas a huir así nunca más —dijo, con rigor—. Y no hables así contigo mismo en voz alta. La gente que te vea hablando solo y en voz alta *va a pensar que estás loco*.

André quiso preguntarle a su padre si por casualidad había oído su breve conversación con la mujer del cuadro, pero sus pensamientos se desviaron rápidamente hacia la forma en que su padre había descrito lo sucedido. Porque André no había estado hablando solo. En absoluto. Por alguna razón perdida en la bruma del misterio, André Bonhomme se había hecho de una habilidad extraordinaria e inexplicable: podía conversar con el mundo del arte. Había mantenido una conversación real con la anciana del cuadro. Y había aprendido mucho. Aprendió que no sólo era *La loca* de Théodore Géricault, un cuadro de un artista famoso, uno de los retratos más conocidos e impresionantes del museo de Lyon. Para André, que volvería al museo tan a menudo como pudiera durante el resto de su vida, ella se convertiría simplemente en Marie, una mujer noble que había perdido a su hijo en los primeros y violentos días de una guerra iniciada por el emperador francés Napoleón I. Una madre que se había entristecido de manera irremediable tras la muerte de su hijo en batalla. Antes de posar para Géricault,

Marie había sido una persona real, y esa persona le había hablado a André aquel día en el museo cuando se había perdido. Triste, pero con un sentido del humor seco y chispazos de calidez maternal, Marie se convertiría en una amiga tan real y cercana como cualquiera podría pedir. A veces, André pensaba que Marie era incluso más sensible que una persona de carne y hueso.

Para André, la amistad con Marie sería un valioso tesoro. Al principio, André pensó que su nuevo talento podía acercarlo a otros niños de su edad, que siempre lo veían con extrañeza. André era tan callado que algunos compañeros de escuela pensaban que era mudo. Y lo molestaban por ello. Antes que tratar de acercarse, André prefería protegerse y quedarse en un rincón del patio de la escuela. Le daba miedo hablar, compartir una opinión o hacer sentir su presencia. Pero su talento mágico le abría una posibilidad. ¿Qué pasaría si los niños supieran que André podía hablar con los cuadros? Un día, emocionado, lo intentó. En clase de arte, André compartió lo que sabía de Marie. La maestra lo miró confundida y le preguntó cómo era que un niño de once años sabía tanto del cuadro de Géricault. «Hablo con ella», contestó André, reuniendo toda la seguridad y fuerza de la que era capaz. La reacción de la clase fue inmediata. Primero fueron unos niños en la fila de atrás y luego el salón entero. Al final, incluso la maestra. Las risas y las burlas le tocaron el corazón. Con los ojos llenos de lágrimas y los puños apretados de coraje, André tomó una decisión: mantendría su don oculto en lo más profundo de su ser, cuidándose de que nadie pensara que, en efecto, *estaba loco*. Su padre tenía razón.

4

La mañana en que ocurrió todo, André había notado algo inusual mientras paseaba por la *Grande Galerie*. Se acercó a uno de los cuadros más notables de Leonardo da Vinci en el Louvre: *La belle ferronnière*, un enigmático retrato de una mujer seria, de aspecto casi enfadado, vestida de forma muy elegante. La mujer del cuadro era un misterio, no muy distinto a la *Mona Lisa*. La mayoría de la gente pensaba que era sólo una amiga de Ludovico Sforza, un famoso noble italiano de hace muchos siglos. Pero André sabía la verdad. La mujer era la esposa de Sforza, Beatrice d'Este, conocida en vida como una dama muy inteligente, encantadora y de éxito. Beatrice decía lo que pensaba, a diferencia de muchas mujeres de finales del siglo XV que no siempre tenían la libertad de manifestarse. A Beatrice le gustaba platicarle anécdotas de su época en Milán y Venecia a André, aquel tiempo lejano en el que era una mujer de gran fuerza y peso en la sociedad.

Esa mañana, sin embargo, Beatrice parecía preocupada.

—No está bien, André. La oí llorar ayer... otra vez.

Beatrice no tenía que dar mayores explicaciones. André supo inmediatamente de quién hablaba. Durante semanas, André había oído rumores entre los cuadros de los pasillos sobre la infelicidad de la Mona Lisa una vez que el museo cerraba sus puertas, cuando ya no tenía que mostrar su famosa sonrisa a los miles de personas que acudían a verla cada día. Otros la habían oído llorar por la noche y estaban preocupados por ella. Sobre todo, porque la tristeza no era propia de la Mona Lisa. André la conocía como la joven Lisa Gherardini, congelada en el tiempo por la mano de Leonardo da Vinci cuando era una mujer de veintidós años. Su nariz expresiva y sus ojos inquisitivos eran un fiel reflejo de la mujer con la que André conversaba todos los días: alegre, divertida, sabia más allá de su edad. Pero últimamente Lisa parecía fuera de sí. De algún modo, en algún lugar, había perdido la alegría que la había hecho tan querida durante cinco siglos.

Todo esto preocupaba a André. Por supuesto, tenía un sentido del deber hacia el propio cuadro. La responsabilidad de garantizar su seguridad era un privilegio. El museo le había confiado la protección del retrato más extraordinario de la historia. André sabía lo importante que era su trabajo y apreciaba cada día que pasaba allí, junto a Lisa. Los visitantes sólo podían ver a un personaje pintado en un lienzo, pero André Bonhomme podía ver y oír a una persona real. Así como Marie había sido su única verdadera amistad durante la infancia y la adolescencia, Lisa se había convertido en la persona en la que André más confiaba. Mientras ambos se enfrentaban cada día a la multitud de asombrados visitantes, a ella le gustaba posar, acicalarse y hacer bromas que sólo André podía oír. En muchas ocasiones, André tuvo que contener la risa para que los visitantes no pensaran que *estaba loco*, como había dicho su padre.

A lo largo de sus años juntos, Lisa le había hablado de su infancia con sus tres hermanas y tres hermanos, corriendo de un lado a otro por las calles de la Florencia del siglo XV. Lisa le hablaba de un lugar y una época que, para André, resonaban como el mismísimo corazón de la historia humana: la ciudad de Leonardo, Miguel Ángel y Rafael, los grandes maestros de la pintura. A través de las palabras de Lisa, André retrocedía medio milenio, encontrando su vocación y sus pasiones a lo largo de los adoquines florentinos, sentado felizmente con los grandes maestros del oficio que amaba y que lo había acompañado toda la vida. Lisa era su amiga, como Marie, aunque nadie le creería si lo contara, cosa que no tenía intención de hacer.

André estaba en paz con su misterioso don y sus secretos.

5

Como desde hace mucho tiempo, la *Mona Lisa* está expuesta en la sala más famosa del museo más importante del mundo: la sala 711 del Louvre, una hermosa galería repleta de obras maestras. Aquel fatídico día, André entró en la sala 711 sobre las 8:30 de la mañana, media hora antes de que el Louvre abriera sus puertas al público. Era su momento favorito del día, cuando podía tomarse unos minutos para echar un vistazo a la galería, asegurarse de que todo estaba en orden, incluida la iluminación y la barandilla de protección, puesta ahí para mantener una distancia de seguridad entre la obra y los cientos de personas que entraban por los arcos de la sala cada hora, todas ellas con los ojos muy abiertos por la expectación de poder ver la pintura más conocida de Leonardo da Vinci. También le encantaba el principio del día porque podía hablar con la propia Lisa. La mayoría del tiempo, Lisa enfrentaba exultante las nuevas jornadas. Emocionada, metía un mechón de pelo oscuro bajo su delicado velo, se ajustaba la blusa y se preparaba para recibir a la gente que venía a verla. Le había contado a André lo mucho que le gustaba ver los gestos de asombro, sobre todo cuando se trataba de gente joven, como ella. Lisa decía que no podía imaginarse lo que era ser joven hoy en día. Por momentos, le confesó a André, anhelaba ver el mundo moderno.

Ese día, sin embargo, parecía cansada.

—No has dormido, ¿verdad? —le preguntó André.

Lisa suspiró.

—No. No puedo descansar. Nadie duerme cuando está triste —dijo.

A André le preocupó la confesión. Nunca la había oído retraída y melancólica. La miró consternado. Parecía... atrapada.

—Bueno —dijo, cambiando de tema—. Nos espera un día interesante. Vienen dos grandes grupos escolares.

André pensó que la noticia la animaría. A Lisa le encantaba ver entrar a grupos de estudiantes. Disfrutaba viéndolos reírse y señalarla y dibujarla. André sabía que a Lisa le encantaba ver a una pareja joven agarrados de la mano o abrazándose. La había visto intentar encontrarse directamente con sus miradas, igual que la gente hacía con la suya, tratando de desentrañar los misterios que se escondían tras su expresión. Lisa intentaba adivinar de dónde eran, qué les gustaba y qué les disgustaba, con qué soñaban.

Y entonces, para gran alivio de André, la Mona Lisa sonrió.

—¿Llevarán esa ropa de colores combinados que usan? —le preguntó.

—¡Estoy seguro! —dijo André, pensando en los uniformes escolares que a Lisa le parecían encantadores.

Justo entonces, el reloj dio las nueve y ambos oyeron abrirse las puertas del museo. André se colocó a la izquierda del cuadro. Dentro del marco, Lisa se acomodó y cruzó los brazos, con la mano derecha tocando suavemente su blusa de seda.

Luego esperaron.

6

André siempre había pensado que la sala de la *Mona Lisa* en el Louvre tenía una especie de cualidad magnética. Situada en el centro de la galería, Lisa presidía como una reina. Pero no era sólo ella. No era casualidad que estuviera frente a uno de los cuadros más majestuosos del mundo: *Las bodas de Caná*, de Veronese. El enorme lienzo incluía a 130 personajes diferentes en todos los matices de luz y todos los tonos de color; era una obra tan magnífica que algunos insistían en que rivalizaba con la belleza de la Capilla Sixtina. André sabía lo afortunado que era —y Lisa también— de contemplar semejante belleza todos los días.

Sólo pasaron unos minutos antes de que una multitud se acercara a la sala. Cuando llegaron los primeros invitados, André miró a Lisa. Tenía ese brillo de expectación en los ojos que él conocía tan bien. Estaba preparada para el día. André sintió que la emoción iba en aumento a medida que la gente empezaba a reunirse alrededor de la barrera que protegía a la *Gioconda*. Aparte de André y el personal especializado del museo, nadie podía acercarse un paso más. A Lisa nunca le había gustado ese tipo de protección. Incluso dentro de su vitrina, donde se mantenía a una temperatura y humedad precisas, deseaba estar más cerca de la gente que la visitaba, según le había dicho a André. Lisa quería ver sus caras y sus sonrisas con más claridad, tal y como los visitantes la veían a ella.

Como casi todos los días, no pasó mucho tiempo para que la primera persona intentara cruzar la barandilla frente al cuadro. Pasaba con mucha frecuencia y André estaba bien preparado. Ordenó al hombre, un turista impaciente, que retrocediera. El hombre obedeció y André miró a Lisa. Sabía que ella confiaba en él para protegerla, aunque significara mantener a la gente siempre a distancia.

Unos minutos después, André vio a una pareja acercarse a la barrera y besarse. Parecían quererse mucho. Lisa los observaba con nostalgia. Alguna vez ella también había amado a un hombre; alguna vez había estado casada.

Entonces, la pareja dio la espalda al cuadro y el hombre sacó una guía del museo. André pudo ver cómo el hombre usaba una pluma para rayar una pequeña marca junto a la página en la que aparecía la *Mona Lisa*. Al parecer, para aquella pareja, la Mona Lisa no era más que otra parada rápida en su itinerario. Nada especial. André no le encontraba sentido a esa conducta. Y sabía que esto también entristecía a Lisa, pero no por las mismas razones. No podía entender por qué alguien la miraba tan brevemente.

—Es como si ya no quisieran *verme* —le susurró a André.

—¡Ignóralos! —respondió André, audiblemente.

—¿Perdón? —dijo irritado el hombre de la pareja.

—Nada, señor, nada —dijo André, sobresaltado—. Continúe.

Lisa se dio cuenta de que André se ruborizaba y le dedicó una media sonrisa.

A medida que pasaban las horas y se acercaba la hora de cerrar, Lisa comenzó a inquietarse. André sabía que había estado esperando al grupo de estudiantes que tenían programada una visita. Había sido un día largo. La gente había estado ruidosa y desatenta, sin mostrar ningún respeto por el museo ni por los cuadros. Durante todo el día, los teléfonos móviles habían parpadeado, distrayendo con pantallas brillantes e intrusivas, tomando una fotografía tras otra. André les pidió a todos que se abstuvieran de utilizar el flash delante del cuadro. Había sido en vano, y a André se le agotaba la paciencia. Era un hombre sereno que casi nunca perdía los estribos, pero había momentos en los que incluso él se enfadaba al ver a una multitud mucho más interesada en captar una imagen del cuadro a través de una diminuta pantalla que en *contemplarlo* con sus propios ojos, y asimilar plenamente la belleza y el misterio de Lisa. André tenía la esperanza de que los estudiantes aparecieran por fin y tal vez le mostraran a él —y a Lisa— algo del hermoso asombro juvenil que él sentía cada vez que recorría los pasillos del Louvre.

Y entonces, a falta de pocos minutos, cuando toda esperanza parecía perdida, el grupo de adolescentes apareció en la puerta.

—¡Vinieron! —susurró Lisa. André pudo percibir su emoción mientras ella se incorporaba y, por última vez durante la jornada, se arreglaba el pelo oscuro y esbozaba la sonrisa más famosa del mundo.

André asintió, aliviado de terminar el día con algo que celebrar.

Era tarde y la sala estaba casi vacía de turistas. André echó un vistazo al joven grupo que acababa de llegar. Todos parecían entusiasmados, conscientes del lugar en el que se encontraban. André estaba contento, e incluso un poco orgulloso. Miró a Lisa. Su rostro se había iluminado, toda su tristeza y preocupación habían desaparecido de repente, borradas por la energía única de la juventud.

André estaba a punto de romper su silencio y decir algunas cosas sobre el cuadro cuando un flashazo lo interrumpió. Uno de los estudiantes había sacado un teléfono para tomarle una foto a Lisa. André miró el cuadro. Vio a Lisa estremecerse por el repentino estallido de luz blanca.

—¡Nada de flash! —advirtió André.

Pero los adolescentes lo ignoraron. Otro teléfono surgió de entre la multitud. Un chasquido. Luego dos, tres, cinco más. *Snap*, *flash*, *snap*, *flash*. De pronto parecía que todos los estudiantes estaban fotografiando a Lisa o a sí mismos delante de ella. André les dijo que pararan, que guardaran los teléfonos, pero los estudiantes desecharon la instrucción, charlando en voz alta. Un enjambre de pequeñas pantallas parecía flotar sobre el grupo. André podía sentir la ansiedad de Lisa como si fuera la suya propia. Cuando la miró, estaba claramente angustiada;

parecía perdida. André se hartó. Vio al profesor del grupo a su izquierda y se acercó a él.

—¡Basta! —dijo—. ¡Dígales que guarden *esas cosas* en sus bolsillos y *miren el cuadro*!

Sorprendido, el maestro ordenó al grupo que dejara de tomar fotos. Todos se quejaron, como niños a los que se les quita un dulce.

—El museo está a punto de cerrar —dijo André al profesor, exasperado—. Por favor, diríjanse a la salida.

Cuando el último adolescente abandonó la sala, André miró a Lisa. Para su sorpresa, estaba llorando. En todos sus años en el Louvre, André nunca había visto llorar a Lisa. Y si André no la había visto llorar, entonces nadie había visto llorar a Lisa en más de quinientos años.

—No, no, no. No te desesperes —le suplicó.

Pero Lisa no tenía nada más que decir. Con los ojos llenos de lágrimas, levantó la mano derecha y le dio las buenas noches a André: sabía que ya era hora de que se fuera. André miró el reloj y se dio cuenta de que ya era tarde. Tenía que abandonar el museo antes de que cerrara y la oscuridad envolviera las salas.

—Hasta mañana, Lisa —dijo—. Mañana será otro día, ya verás.

Pero la Mona Lisa no respondió. Era el final del día y se había vuelto a congelar. Una vez más era un personaje estático en el cuadro más famoso del mundo. André entendió el mensaje de su amiga: su presencia ya no era bien vista. Lisa quería descansar. Abatido, salió de la sala 711, atravesó los pasillos del Louvre, salió a la calle y se adentró en una noche especialmente fría.

7

Mientras caminaba por la acera de una vasta avenida de París llamada Boulevard de Sébastopol, André sintió el peso tanto de la frustración como de la tristeza. Los acontecimientos del día lo habían dejado descolocado. El trayecto de vuelta a su casa, que normalmente tomaba unos veinte minutos, se le hizo eterno. Por el camino, decidió comer algo rápido: no tenía ganas de cocinar. En todo caso, pensó que podría tomar la paleta e intentar añadir un par de pinceladas a su autorretrato, pero no mucho más.

Se dirigió a L'Empire, una pequeña *brasserie* que le gustaba, y pidió una ensalada para llevar. Mientras esperaba, miró a su alrededor. Todas las mesas estaban ocupadas, pero la gente no estaba inmersa en animadas conversaciones, discutiendo los acontecimientos del día como solía hacer todo el mundo. Lo que André veía era gente mirando sus teléfonos, las diminutas e hipnóticas pantallas borrando la posibilidad de platicar con los amigos. André se preguntó qué lugar tenía la belleza en un mundo en el que la gente simplemente había perdido la capacidad de levantar la cabeza y *mirar a su alrededor*.

Tomó la ensalada que había ordenado y se fue. Tardó unos minutos en llegar a la puerta de su buhardilla. Después de cenar, salió un momento al balcón, con la esperanza de ver un atisbo de vida en la ventana de Anne, al otro lado de la calle. Pero allí también estaba todo oscuro. Volvió a entrar en su departamento, donde lo esperaba su lienzo. André miró el cuadro inacabado y pensó en otorgarle media hora antes de irse a la cama, pero no encontró ni el entusiasmo ni la inspiración. Aquella noche no.

8

A la mañana siguiente, el mundo parecía renovado. Al abrir las ventanas, André miró al cielo. De nuevo, era de un azul cautivador, sin una sola nube. Aún era temprano, y la luz caía con gracia diagonal sobre la ciudad. Aunque hubiera querido, no podía permanecer melancólico. Un día así en París era el antídoto perfecto para cualquier tipo de tristeza. André se apresuró y cambió levemente su rutina. Se negó a tomar café en el balcón. Por alguna razón, le apetecía ir corriendo al museo. Quería decirle a Lisa que no tenía sentido detenerse en la falta de atención de la gente. Lo que importaba era la belleza en sí misma. Lo que importaba era el arte, tanto si la gente decidía verlo como si no.

André cruzó la entrada de empleados del Louvre a las ocho en punto. Siempre llegaba temprano, pero nunca había sido el primero en entrar. Henri-Pierre, uno de los guardias del ala de antigüedades griegas, siempre era el primero en llegar, con su pequeña mochila naranja y una chamarra bien doblada para ponerse al final del día. Esa mañana, sin embargo, André era el primero de la fila cuando Léopold, el encargado de la apertura y cierre puntual del edificio, llegó para dejar pasar a los empleados reunidos. Fue el primero en entrar al museo. Registró su ingreso y se dirigió hacia el ala Denon del Louvre.

Mientras André caminaba por la *Grande Galerie*, miraba los cuadros. Muchos aún dormían. Algunos acababan de despertarse, preparándose para otro día de visitas y recuerdos. A pocos metros de la entrada de la sala de Lisa, André saludó a Beatrice d'Este. Estaba bien despierta y ya tenía un aspecto inmaculado, un ejemplo perfecto de la realeza de Milán del siglo XVI. Sus miradas se cruzaron. André señaló hacia la sala 711 y se tocó la oreja izquierda. Sin decir palabra, le había preguntado a Beatrice si había escuchado a Lisa durante la noche. Beatrice negó con la cabeza y se tapó la boca con la mano derecha. «No», pareció transmitir, no había oído a Lisa en absoluto. André asintió, aliviado.

Exactamente a las 8:13, André se dirigió a la sala donde había pasado los días más extraordinarios de su vida adulta. En los días siguientes, las autoridades le preguntarían una y otra vez por esa hora exacta. Querrían saber dónde estaba antes de las 8:13 y qué había visto a las 8:13. Querrían saber todos sus movimientos. Porque cuando André entró en la galería de la *Mona Lisa*, se topó con un escenario aterrador.

En la pared del centro de la sala, dentro de la vitrina rodeada por la barandilla de madera, en el marco de roble dorado, frente al dramático paisaje de las colinas italianas donde Leonardo da Vinci había pintado el retrato más famoso de la historia del arte, no había... nada. Lisa había desaparecido. El cuadro en sí no había desaparecido.

El marco en sí no había desaparecido. Sólo la propia Lisa se había esfumado. Como borrada por alguna magia perversa.

André no podía creer lo que veía. Sin palabras, corrió hacia la puerta y encendió la alarma de emergencia. Volvió a mirar el marco y cayó de rodillas.

9

Al poco tiempo, André se encontró sentado en la sala de espera del despacho de Monique Vera, la directora del museo. Admiraba profundamente a Monique. Antes de empezar a trabajar en el Louvre, André había leído sus libros sobre el Renacimiento italiano, esa época quinientos años atrás en la que el hombre había empezado a mirarse a sí mismo en lugar de pensar sólo en Dios. Un momento emocionante, definitivo. A pesar de que todavía era una mujer joven, muy pocas personas conocían ese periodo de la historia como Monique Vera. André creía que la directora tenía talento no sólo para explicar las singulares pasiones de los artistas que paseaban por Florencia y Roma hace cientos de años, sino también para transmitir cómo *eran sus vidas en realidad*. De Monique había aprendido, por ejemplo, que Rafael era muy carismático y divertido, un tipo encantador. Para André, la revelación de que Rafael era un hombre enamoradizo e irresistible le había dado un nuevo significado a la obra del gran pintor que, por desgracia, había muerto siendo demasiado joven.

A pesar de esta profunda admiración, André nunca había conocido personalmente a Monique. La idea le aterraba, sobre todo ahora, cuando el mundo entero se había puesto patas arriba por la desgracia que había ocurrido con la *Mona Lisa*. Si alguien le hubiera preguntado en qué circunstancias quería conocer a la mujer que tomaba las decisiones más importantes en el museo, durante la repentina desaparición de Lisa Gherardini del interior de su famoso marco habría sido la última.

Cuando entró en el despacho de Monique, André se topó con una escena inesperada. Como en un cuadro lleno de personajes, la sala estaba repleta de todas las autoridades imaginables. Michel Lecat, el solemne ministro de Cultura, y Hervé Fidel, el elegante director de todos los museos franceses, estaban junto a Monique. Ambos conversaban con el jefe de policía y con Albert Orsay, el encargado de seguridad del Louvre. Había al menos otras cinco personas de aspecto muy severo que André no reconoció, pero no hacía falta: fueran quienes fueran, la ocasión merecía este tipo de respuesta. La propia Monique estaba claramente preocupada. Vestida de negro, con el pelo corto recogido detrás de las orejas, se veía pálida. Sus grandes ojos marrones, normalmente concentrados, parecían perdidos.

—Lo que ha ocurrido es inexplicable —dijo Monique—. Retiramos el marco y confirmamos que es el mismo. El lienzo también es el mismo. No me cabe la menor duda de que pertenece a la *Mona Lisa*. Es decir... *es la* Mona Lisa, *pero sin el personaje en sí.*

—¿Hay alguna posibilidad de que esto sea una broma, algún tipo de chiste? —preguntó Lecat—. ¿Hay alguna posibilidad de que el cuadro haya sido robado e intercambiado?

—La *Mona Lisa* es imposible de robar, señor —interrumpió Orsay, con la voz temblorosa por la tensión—. Es imposible que alguien se haya llevado el cuadro y lo haya sustituido por lo que tenemos ahí afuera.

El jefe de policía estuvo de acuerdo.

—Hemos visto cada segundo del video de vigilancia desde ayer por la tarde hasta esta mañana y no encontramos nada más que un pequeño alboroto en la sala 711 unos minutos antes del cierre de ayer, con un grupo de estudiantes. —Se volvió hacia André—. ¿Le importaría explicar lo que pasó, *monsieur* Bonhomme?

André sintió un nudo en el estómago. No le gustaba ser ningún centro de atención, y menos en un momento así. Sintió que debía presentarse.

—Soy André Bonhomme, señora directora. He trabajado como guardia de la *Mona Lisa* desde hace cinco años —dijo.

Monique asintió. Por un segundo, André interpretó su reconocimiento como familiaridad. Tal vez había oído hablar de él. ¿Quizá lo había visto en el museo? La ilusión de André duró poco. Sabía que era muy poco probable que la directora supiera mayores detalles sobre él. Después de todo había cientos de guardias en el Louvre. André era uno entre muchos.

—Lo de ayer fue una disputa frecuente en la *Grande Galerie* —explicó André, nervioso pero animado por contar con la atención de Monique, a quien tanto admiraba—. Yo sólo estaba intentando convencer a unos jóvenes de que miraran el cuadro. No entiendo por qué insisten en tomar fotos cuando Lisa está ahí mismo, delante de ellos. Eso es todo lo que quería hacer. Nada más.

El jefe de policía y el ministro de Cultura se miraron, confundidos por la explicación de André. Orsay tuvo una reacción diferente.

—¿Comprendes la gravedad de la situación? —le preguntó, claramente molesto.

Orsay estaba a punto de seguir reprendiendo a André cuando Monique lo interrumpió. Miró directamente a André, que estaba parado un par de metros frente a su escritorio de caoba. Monique conocía a gente como André. Cuando, muy joven, trabajaba como directora del Museo de la Orangerie, había aprendido a comprender la peculiar pasión de esas personas que pasaban largas jornadas de pie junto a un cuadro. Monique sabía que personas como André veían su labor como algo más grande e importante que sólo una rutina aburrida.

—*Monsieur* Bonhomme —dijo, pronunciando claramente cada palabra—, ¿tiene alguna idea de lo que pasó con el cuadro?

—No, señora directora —dijo André—. Me temo que no.

Monique suspiró y le dijo que podía irse. Cuando se marchó, André notó cómo aumentaba la tensión en la sala. Miró por encima del hombro y vio que Monique se había dado la vuelta. Estaba mirando por uno de los majestuosos ventanales del museo, hacia el este. Las noticias corren deprisa: una multitud se había congregado frente al museo, cerrado hasta nuevo aviso. El mundo entero parecía saber que Lisa había desaparecido.

10

Como a todos los guardias del Louvre, las autoridades del museo le habían dicho a André que se fuera a casa a esperar instrucciones. Antes de salir del lugar, sintió el impulso de mirar el lienzo una vez más. Tal vez podía encontrar pistas sobre un posible robo. André sabía que ningún otro cuadro en todo el mundo había sido estudiado con tanto detenimiento como la *Mona Lisa*. La gente recordaba cada milímetro del lienzo. Pero también estaba seguro de que muy pocos apreciaban el cuadro como él. Nadie había tenido tiempo de contemplarlo de verdad, de casi respirar aquel aire italiano, y mucho menos de *conversar largamente* con la distinguida mujer que lo habitaba. Si alguien intentaba falsificar la *Mona Lisa*, André estaba seguro de que lo descubriría.

André se acercó a la sala 711 y, con sumo cuidado, pasó por debajo del listón amarillo que la policía había puesto en la entrada del salón. Al entrar por segunda vez aquella mañana fatídica, se sintió embargado por la angustia. Las autoridades aún no habían retirado el cuadro. Al verlo, André se preguntó cómo había podido ocurrir esa desgracia. Por supuesto, conocía la historia del anterior robo de la *Mona*

Lisa, que había sucedido en 1911. Pero ya había pasado más de un siglo de aquello. Desde entonces, se habían tomado todas las precauciones para evitar que algo así volviera a pasar. Y que ahora ocurriera esto, que alguien sustituyera el cuadro original por uno nuevo, sin Lisa. Para André, era simplemente... indignante. E incomprensible.

Con eso en mente, André se acercó al cuadro y lo miró con toda atención. El cristal que lo rodeaba estaba impecable. Nadie parecía haberlo tocado. El marco no sólo era similar al original, *era el original*. Y lo mismo con el lienzo: tenía la misma tonalidad que la obra maestra de Leonardo. Todo estaba como debía. *Era el cuadro*. La ausencia de Lisa era la única y terrible diferencia.

—Es imposible que *ese cuadro no sea la Mona Lisa* —susurró André para sí.

—Sí. Es de Leonardo. Nada menos que de Leonardo —dijo alguien detrás de él.

André giró inmediatamente, como si hubiera oído a un fantasma. La voz procedía del cuadro del otro lado de la sala, el enorme *Las bodas de Caná*. El hombre barbudo que le hablaba iba vestido de blanco. Sostenía un instrumento de cuerda y llamaba la atención con una túnica impoluta y brillante que le cubría el regazo. André había conversado con otras figuras del cuadro, pero nunca con ese hombre.

—¿Cómo se llama usted y qué quiere decir, señor? —preguntó André, con cuidado.

—Soy Veronese —dijo el personaje en el cuadro.

André sintió que se le erizaba el vello de la nuca. Acababa de resolver uno de los misterios más perdurables de la historia del arte. Los expertos se habían preguntado durante mucho tiempo si el pintor Veronese se había incluido a sí mismo en su obra más famosa, como a muchos artistas les gusta hacer. Ahora, el propio pintor había dado a André la respuesta. Pero no tenía tiempo para alegrarse.

—Maestro Veronese, por favor, dígame: ¿qué quiere decir? —preguntó con el respeto que merecía el gran artista que le había dirigido la palabra.

—Lo que quiero decir, amable señor, es que el cuadro que está usted viendo no es otro que la *Mona Lisa*. No hay misterio alguno —dijo Veronese con seguridad.

—No puede ser el cuadro —dijo André, atreviéndose a contradecirlo—. No hay *Mona Lisa* sin la Mona Lisa.

—¡Pero por supuesto que la hay! —dijo Veronese, algo exasperado—. ¿No ves lo que ha pasado?

—Por favor, dígamelo.

—Es Lisa la que se ha ido, no su cuadro —dijo Veronese, con una sonrisa socarrona.

André quiso pedir más información a Veronese, pero el artista se había vuelto a congelar en el lienzo, dejando atrás una explicación que parecía imposible. André apenas podía creer lo que acababa de oír. ¿A dónde podía haber ido Lisa? ¿Y por qué?

11

André temblaba al salir de la sala 711. Si Paolo Veronese decía la verdad —¿y por qué iba a mentir un maestro del Renacimiento?—, entonces Lisa no había sido robada, sustituida o borrada. Por alguna razón, Lisa Gherardini *se había ido* a quién sabe dónde. Quizá a su propio mundo. Pensándolo bien, André ya no encontraba la explicación tan descabellada. Había visto a Lisa cobrar vida, convertirse en una persona delante de sus propios ojos. La única diferencia entre Lisa y una persona de carne y hueso era que Lisa se había visto obligada a vivir dentro de un marco. Pero André siempre había pensado que tenía que haber un mundo dentro de ese marco, un mundo que Lisa tal vez podía habitar libremente.

En cierto modo, tenía sentido. Pero sólo para André, y él lo sabía. Era lo bastante inteligente como para reconocer que nadie creería jamás su explicación. Para creerle, la gente tendría que aceptar que André podía hablar con los personajes de los cuadros. Tendrían que creer que André hablaba a diario con Lisa Gherardini, una noble del siglo XV pintada por Leonardo da Vinci. ¿A quién se le ocurriría creer algo así?

Y sin embargo, mientras caminaba hacia la *Grande Galerie*, André tuvo una idea. Si de algún modo podía asegurarse de que Lisa estaba realmente dentro de su mundo, entonces tal vez podría intentar convencer a alguien de la posibilidad, por absurda que fuera, de recuperarla. Pero primero tenía que confirmar lo que Veronese le había dicho.

Para eso, necesitaba otro testigo.

12

André salió al pasillo principal. Consternado, vio a al menos veinte policías entrar a la *Grande Galerie* y alinearse en las paredes de las salas contiguas. Esto ponía en riesgo su plan. Necesitaba hablar con Beatrice, que conocía bien a Lisa. Las dos mujeres, fuertes y hermosas cada una a su manera, eran hijas artísticas de Da Vinci. Aunque era bastante improbable que se conocieran en vida, ambas habían vivido en el siglo XV italiano y era totalmente posible que Beatrice pudiera ponerse en contacto con Lisa, o que al menos supiera de su paradero. Pero André tenía un problema, o más bien tres, que era el número de oficiales que se habían apostado justo delante del retrato de Beatrice.

André se acercó al cuadro y señaló su placa de vigilante del museo.

—Caballeros, buenas tardes —dijo, tratando de transmitir autoridad—.Necesito limpiar el cuadro en este momento. No llevará mucho tiempo.

Los agentes no se movieron. Detrás de ellos, sin embargo, Beatrice había cobrado vida para André. Sabía que podía oírla, pero no dijo nada, quizá esperando a que André iniciara la conversación, lo correcto para una dama de su posición. Pero André no podía abrir la boca, ni siquiera para susurrar. ¿Qué pensarían los agentes de un hombre que, rodeado de policías, empezaba a hablar en voz alta, aparentemente dirigiéndose a un cuadro? André no quería averiguarlo, pero también sabía que tal vez no tendría otra oportunidad de hablar con Beatrice. Era muy probable que el museo cerrara, al menos hasta que Lisa reapareciera. Si quería ayudar a resolver el misterio de su desaparición, André tenía que hacer todo lo posible por averiguar el destino de Lisa.

—¿Sabes dónde está? —preguntó tímidamente, casi murmurando.

—¿Qué dijo? —respondió uno de los policías.

André no le hizo caso y se concentró en el cuadro. Beatrice lo miró con una expresión que André había visto muchas veces, entre curiosidad y enfado. Estaba claro que no lo había escuchado.

—¿Sabes dónde está Lisa? —preguntó André, alto y claro esta vez.

Los policías dieron un paso adelante, con la intención de enfrentarse al extraño hombre que parecía estar hablando con alguien o algo mientras miraba un cuadro colgado en la pared.

—*¡Lisa!* —volvió a preguntar André, alzando la voz.

Los agentes lo agarraron por los brazos y lo empujaron lejos del cuadro. Pero Beatrice lo había oído con claridad.

—Ella está adentro. Y no va a regresar —le dijo Beatrice a André, que se alejaba rodeado de policías.

Las palabras de Beatrice sonaban como una sentencia. André sintió que el corazón se le hacía pequeño. No podía soportar la idea de no volver a ver a Lisa. Para él, era como perder a un amigo muy querido. Quizá a su único amigo.

13

Para el mundo entero, la pérdida de la Mona Lisa se estaba convirtiendo en algo mucho peor. Aquello era una auténtica pesadilla. Y nadie había resentido tanto la desaparición como Monique Vera. La directora del museo estaba afligida y desesperada. En cierto modo, Monique deseaba que el cuadro hubiera sido robado. Al menos así, la tarea que tenía por delante sería más clara: encontrar al culpable, localizar el cuadro, devolverlo al lugar que le correspondía. Pero el cuadro en sí no había desaparecido, y nadie había borrado a la enigmática mujer que retrataba. Era como si se hubiera esfumado.

Para Monique, la respuesta tenía que estar en la sala 711.

Antes de llegar a la galería más famosa del museo, convertida en escenario de un crimen, Monique vio cómo los guardias se llevaban a André. Sorprendida, les ordenó a los policías que se detuvieran y corrió hacia el grupo.

—¿Qué pasa? ¿Por qué se lo llevan?

—Señora, está delirando. Hace unos minutos se acercó a un cuadro y empezó a preguntarle por el paradero de la Mona Lisa —dijo el oficial al mando.

—¿Qué quiere decir eso de que *le preguntó a un cuadro*? —preguntó Monique, confundida.

—Tal y como lo escucha. Estaba *hablándole a un cuadro*.

André miraba al suelo. Ya había pasado antes por esta situación. Ya alguna vez le habían dicho que parecía un lunático, un solitario confuso, un esquizofrénico. Semanas después de hablar por primera vez con el cuadro de Géricault en Lyon, André había intentado compartir el milagro con sus padres. La historia de su hijo no les había caído en gracia. Su madre, sobreprotectora y celosa, lo amenazó con mandarlo a algún tipo de terapia si volvía a mencionar el asunto. Su padre, hombre de pocas palabras, pero generoso y de abrazo cálido, había reaccionado regalándole un libro de pintura clásica francesa. Nunca admitió haberle creído a su hijo, pero tampoco lo negó. Para André, el regalo de su padre había sido una especie de consuelo. Pero le duró poco. En la escuela lo había pasado mal. Sus compañeros lo veían raro. Le habían puesto apodos. Lo habían empujado en los pasillos. André había tenido una infancia de gran soledad, con la pintura como principal compañía. Al principio de la preparatoria, cuando ya habían pasado años de aquel episodio en la clase de arte en el que todos se habían burlado de él, André había intentado ser más abierto con la gente. De nuevo había tratado de explicar su don a un par de compañeros con los que había empezado a construir una amistad. Demostró ser una muy mala idea. Sus amigos se habían reído de él. Le habían dicho que estaba loco. Para André, esa burla sería definitiva. Si todo el mundo pensaba que era un demente y nadie parecía dispuesto a creerle, se guardaría el secreto para siempre, bajo llave dentro de sí mismo. ¿Para qué arriesgarse a que volvieran a reírse de él?

—¿Es cierto, *monsieur* Bonhomme? —preguntó Monique—. Y si es así, ¿por qué estaba usted lanzando preguntas al aire?

André sacudió la cabeza.

—No, señora directora. No es verdad. Sólo hablaba conmigo mismo, en voz alta. Me estaba preguntando a dónde se habrá ido, por qué ha desaparecido... ella. —La voz de André comenzó a quebrarse. La tristeza lo estaba rebasando.

Monique parecía desconcertada. ¿Por qué André, aquel joven claramente angustiado, describía la situación como una desaparición y no como un robo? Había dicho que la Mona Lisa se había ido a alguna parte; no el cuadro, sino *la mujer del cuadro*. ¿A qué se refería?

—Suéltenlo, por favor —les dijo a los policías—. Vaya a descansar, *monsieur* Bonhomme. Lo veremos mañana. Por favor, venga temprano. Si hay algún problema con la seguridad, dígales explícitamente que ha venido a verme.

André asintió y empezó a alejarse, con la cabeza gacha, como aplastado por un peso invisible. Monique lo miró hasta que desapareció por las escaleras.

14

André salió del museo sumido en el más profundo desánimo. Había perdido a su querida amiga y había visto cómo el mundo del arte se enfrentaba a la más angustiosa incertidumbre. Todo esto, en menos de un día. Entonces, algo inesperado lo sacudió: la multitud que se había congregado frente al Louvre. Los parisinos habían encendido cientos de pequeñas velas y las habían colocado alrededor de la gran pirámide de cristal, símbolo del museo. La gente llevaba reproducciones de la *Mona Lisa* en carteles, camisetas, postales. André sentía un dolor verdadero en el aire, como si todos hubieran perdido un trozo de su corazón junto con la *Mona Lisa*. André miró conmovido a la gente. Si pudiera decirle a cada una de esas personas lo que él sabía. Si tan sólo pudiera compartirles a todos la verdad, esa verdad que él conocía en el fondo de su alma. Quería decirles que la *Mona Lisa* no había sido robada, borrada, secuestrada ni nada por el estilo: Lisa Gherardini había decidido marcharse, por razones misteriosas, sin previo aviso, a algún lugar indefinido.

Al pasar por delante del Palais-Royal, André vio a un gran grupo de gente que caminaba hacia el Louvre.

Había hombres, mujeres y niños de todas las edades. No había visto un gentío así desde que fue a la Torre Eiffel para celebrar el Día de la Bastilla, cuando llegó por primera vez a París. Pero esto era diferente. Esto claramente no era una celebración.

André miró a la multitud y de repente se encontró con una cara conocida.

Era Anne, su vecina, que caminaba sola hacia el museo. Llevaba una cámara colgada del cuello y, de vez en cuando, se detenía para fotografiar el momento. André la vio tomar su teléfono y empezar a grabar video de la escena, viendo un episodio histórico a través de la pequeña pantalla en lugar de observarlo con sus propios ojos. Mientras André seguía cada uno de sus movimientos, volvió a quedar impresionado por su belleza. La curiosidad de Anne frente a la escena transmitía una cierta energía que André admiraba. De repente, Anne se dio la vuelta y, sin dejar de grabar con su teléfono, lo encontró entre la multitud. Bajó el teléfono y lo saludó con la mano. A André le dio un vuelco el corazón.

Anne cruzó la calle para acercarse. André se quedó helado.

—Eres mi vecino, ¿no? —dijo sonriendo—. Allá arriba. Con el toldo blanco y azul sobre el balcón, ¿verdad?

André asintió, sorprendido por la coincidencia y asombrado de que Anne lo hubiera reconocido. Quizá esas miradas intercambiadas por las mañanas también habían dejado huella en el corazón de la joven mujer que ahora estaba frente a él, entre la multitud, cerca del Louvre.

—Sí, sí —dijo—. ¿Cómo estás… Anne?

—Estoy... bien —respondió ella, sorprendida por el hecho de que supiera su nombre—. No sabía que trabajabas en el Louvre... André —dijo ella, haciendo un gesto para indicar su uniforme y señalando el nombre de André en el gafete del museo que llevaba colgando del cuello.

—Soy periodista, pero no diré nada. Dime qué ha pasado, por favor.

Cuando se dio cuenta de que Anne sólo lo había identificado por el nombre de su credencial del museo, se sintió herido. Aunque sabía que ella no tenía por qué recordar su nombre como él recordaba el de ella, sintió como si una pequeña llama se hubiera extinguido súbitamente.

—No pasó nada. Todo el mundo cree que robaron el cuadro. Buenas noches —dijo, y siguió su camino.

—¡Espera! —gritó Anne, pero André no se detuvo. A Anne le habría gustado seguirlo y preguntarle qué sabía del crimen. Pero no tenía tiempo. El robo de la *Mona Lisa* era la noticia más importante del mundo, y ella tenía que informar sobre eso a fondo, y pronto.

15

André tardó un largo rato en llegar a la sexta planta de su edificio de la calle Blondel. Su habitual tranquilidad se había disipado en una niebla de incertidumbre. Aunque sabía lo que le había ocurrido a la Mona Lisa, no tenía idea de por qué. Y, tal vez sin razón, se sentía responsable. En silencio repasó lo que había pasado los dos últimos días y empezó a cuestionarse. Tal vez todo era su culpa. Seguramente algo había hecho mal. ¿Seguiría Lisa en el cuadro si él no hubiera reaccionado como lo hizo ante los jóvenes estudiantes que no respetaban el cuadro como se merecía? La posibilidad lo sumió aún más en la tristeza.

Cuando entró, dejó caer las llaves sobre la mesa. No tenía ganas de comer. Parecía no tener ganas de nada, en realidad. El día le pesaba tanto que se dirigió a su cuarto con la intención de cerrar los ojos y pasar página. Pero entonces algo llamó su atención. Su rutina cotidiana llenaba su vida tan a fondo que hacía tiempo que no sentía la necesidad de pintar, la necesidad de expresarse en el lienzo. Y aunque los días y las semanas se iban sin que pintara ni el más mínimo destello, André nunca se había animado a desmontar su caballete ni a guardar su juego de óleos o sus queridos pinceles. El solo hecho de que estuvieran allí, esperándolo, significaba que la puerta de sus ilusiones artísticas seguía abierta. Y esa noche, a pesar de lo cansado que estaba o quizá por eso mismo, la puerta se abriría más que nunca.

André cogió su paleta, la misma que tenía desde los doce años. Cuando se sentó a pintar, añadió cuatro toques precisos de rojo, amarillo, verde y el tono ocre siena que tanto le gustaba. Mezcló aquí y allá y cogió un pincel fino. André se acercó al lienzo, el autorretrato en el que llevaba tanto tiempo trabajando. Dio una pincelada y luego otra. Trabajó un poco los rasgos de su rostro y luego añadió algo de contraste al paisaje del fondo. Su mano derecha se movía libremente, como pocas veces. Siguió pintando así durante horas, hasta que el cuello no pudo sostenerle más la cabeza y los brazos cayeron rendidos. En el momento en que André se quedó dormido en la silla, su pincel cayó al suelo. Dejó tras de sí una mancha amarilla brillante, como el parpadeo de una luciérnaga.

16

Menos de cuatro horas después, André se despertó por un ruido en el exterior. Todavía medio dormido, se apresuró a asomarse al balcón. Había un gentío caminando hacia el sur. Un grupo numeroso se había reunido en el café de la esquina. Parecían estar viendo algo en la televisión. Si fuera fin de semana, André habría concluido que se trataba de un partido de futbol, quizá de la selección nacional o del Paris Saint-Germain, el equipo más famoso de Francia. Pero no era fin de semana y la *Mona Lisa* acababa de desaparecer.

Algo grave había ocurrido. André no tenía televisión ni teléfono inteligente, así que tuvo que encender la pequeña radio que lo despertaba cada día. Radio France no tardó en dar la noticia.

> Nuestra pesadilla nacional, que comenzó ayer con la confirmación de la desaparición aún inexplicable de la *Mona Lisa*, dio un giro a peor esta mañana. Los directivos del Louvre han notificado a las autoridades la desaparición de otras dos obras maestras de Leonardo da Vinci, ambas de incalculable valor para el Louvre y la humanidad: *La belle ferronière* y *San Juan Bautista*. Por el momento no se conocen más detalles.

André sintió la noticia casi como un puñetazo en el abdomen. Sintió tal náusea que tuvo que sentarse en la silla en la que había dormido frente a su lienzo. Lo que había comenzado como un suceso único y extraño, ahora parecía una epidemia. Algo estaba pasando con los cuadros del museo. Algo los hacía *huir* de las paredes del Louvre hacia lo desconocido. De repente, André sintió que tenía una misión. Tenía que ir al museo y contarle a Monique Vera lo que sabía. André tuvo una sensación maravillosa: la necesidad impostergable de ser valiente.

17

André era la viva imagen de un hombre con prisa. Llegó al museo empapado en sudor y con la camisa, normalmente fajada con precisión militar, ondeando al viento. Intentó abrirse paso entre la multitud que se había congregado a las puertas del museo. La gente estaba furiosa. «¡Queremos respuestas!», gritaba un grupo al unísono. Otro grupo intentaba irrumpir en el museo. «Es nuestro museo, nos pertenece a todos», gritaba un hombre junto a André. «¡Dígannos qué está pasando!». Todo el mundo parecía estar grabando la situación en sus teléfonos. Antes de llegar a la entrada de empleados, que estaba rodeada de soldados, André estudió a la multitud con la improbable esperanza de encontrar a Anne, pero no la vio por ninguna parte. Finalmente, entró en el edificio, metiéndose como pudo la camisa en la cintura del pantalón.

Antes de que André pudiera pasar por los filtros reforzados de seguridad del edificio, un oficial del ejército lo paró en seco. André nunca había visto presencia militar en el Louvre. Había recibido a muchos soldados que visitaban la sala 711 y les había ofrecido con orgullo sus conocimientos sobre los cuadros y su historia, pero nunca había visto semejante despliegue de fuerza militar a las puertas de esta institución artística, ni de ninguna otra. Había hombres y mujeres vestidos de camuflaje, armados como si estuvieran a punto de entrar en combate. La escena era aterradora. Pero André no se detuvo. Sabía que tenía que ayudar.

—¿Hacia dónde se dirige? —preguntó el soldado.

—Tengo una cita con la directora Vera, señor —dijo André, procurando ser respetuoso—. Me está esperando. Puede comprobarlo con su despacho. Me llamo André Bonhomme. Trabajo en la sala de la *Mona Lisa* y tengo información.

El soldado revisó a André de arriba abajo con la mirada y luego tomó un *walkie-talkie* que estaba sobre una mesa detrás de él.

—Tengo a un *monsieur* Bonhomme aquí para la directora Vera.

Una voz al otro lado comunicó una instrucción y el soldado dio un paso atrás, dejando pasar a André a través de las puertas de seguridad.

Si hubiera volteado hacia las ventanas, André se habría llevado una sorpresa. Afuera del museo, Anne estaba tomando fotos de la multitud. Y aunque él no la había visto, Anne, curiosa y atenta, sí se había dado cuenta de lo que había pasado. La presencia de André la intrigó. Anne había estado entrevistando a manifestantes durante toda la noche. Sabía que había estrictas medidas de seguridad y de inmediato se preguntó por qué los militares habían dejado pasar a su vecino, que recordaba su nombre y trabajaba en el museo como uno de muchos guardias de seguridad.

Antes de dirigirse al despacho de Monique, André subió las escaleras del ala Denon. Necesitaba ver los espacios vacíos de los cuadros de Da Vinci, sobre todo porque, sin Beatrice d'Este ni Juan el Bautista, los lienzos probablemente no eran más que un vacío oscuro. Leonardo había pintado ambos cuadros como si surgieran de la oscuridad, dos apariciones mágicas que salían de las sombras hacia la luz y la vida. No era casualidad que, junto a Lisa, fueran dos de los retratos más famosos de la historia del arte.

Cuando llegó al final de la escalera, André se encontró con algo mucho peor que la desaparición de los dos cuadros. Todos los personajes de todos los cuadros que colgaban de las paredes de la *Grande Galerie* del Museo del Louvre habían desaparecido. Todos, sin excepción. Sólo quedaban los paisajes, o simplemente el vacío del lienzo. No importaba lo grande que fuera el cuadro ni lo imponente que fuera el personaje, desde el anciano de Ghirlandaio y su joven acompañante hasta las plañideras de Caravaggio en torno a la Virgen. Todos ellos. Desaparecidos.

Desesperado, André corrió a la sala 711 con la ligera esperanza de encontrar algo de normalidad. No encontró nada. El enorme lienzo de Veronese, con sus más de 130 personajes, estaba ahora vacío, como una iglesia sin fieles. Lo único que quedaba eran los platos sobre la mesa blanca y rectangular que Veronese había pintado magistralmente para representar la escena sagrada. Hasta Jesucristo había desaparecido.

Para André, la tragedia del Louvre era doble. No sólo se habían esfumado los cuadros, sino que ahora no podría pedir más información a ninguno de los personajes, ni sobre Lisa ni sobre nadie. De nuevo, André sintió como si sus amigos se hubieran ido en busca de una nueva tierra y lo hubieran dejado atrás, lleno de preguntas y dolor.

18

André llegó al despacho de Monique Vera unos minutos después. De nuevo, había un grupo de personas. Esta vez, sin embargo, la mayoría parecía pertenecer a las fuerzas armadas. Estaba cada vez más claro que las autoridades estaban mirando la crisis como una especie de robo, un delito oscuro y casi imposible, pero delito, al fin y al cabo. Para André, todo era frustrante. Era como saber que él era el único que tenía la solución a un complicado rompecabezas. Sabía que todos estaban equivocados y, aunque su explicación fuera inverosímil, haría todo lo posible por transmitir lo que entendía.

La mayor parte de las personas que estaban afuera de la oficina estaban enfrascadas en conversaciones con ese tono inconfundible que tiene la preocupación, y André consiguió llegar hasta la enorme puerta de madera sin que nadie se lo impidiera. Tocó a la puerta. Para su sorpresa, le respondió la propia Monique. André abrió y encontró a la directora del museo sentada sola en un sillón de cuero color negro. Estaba rodeada de papeles y fotos de los cuadros desaparecidos, como un detective que intenta encajar todas las piezas de un viejo crimen sin resolver.

—Señor Bonhomme, buenos días. Supongo que ya conoce todo el alcance de nuestra tragedia, ¿verdad? —preguntó Monique, quitándose las gafas de color rojo brillante.

André asintió y explicó lo que acababa de ver. Empezó a enumerar todos los cuadros que había visto inquietantemente vacíos.

—Por favor, pare. No hace falta que repase la lista. La conozco de memoria. Todos estamos desesperados. ¿Tiene alguna información que pueda ayudar?

André se quedó helado de repente. Sabía de las posibles consecuencias de revelar su secreto. Sabía que las posibilidades de que Monique Vera, distinguida académica y estudiosa del arte, creyera en una habilidad del mundo de la magia eran remotas, casi inexistentes. También temía que Monique pensara que estaba loco, como aquellos compañeros suyos de tantos años atrás. Pero su compromiso no era con Monique, sino con el arte.

—Le ruego que me escuche antes de reaccionar —comenzó André—. Comparto su sensación de urgencia y su preocupación. Estos cuadros *son mi vida*.

—Son la mía también. Adelante. Lo escucho —dijo Monique, esperando algo concreto que pudiera descifrar el enigma que se había tragado su tranquilidad.

—Los cuadros, o más bien los personajes de los cuadros, no han sido robados. No han sido sustituidos por falsificaciones ni borrados mediante ningún proceso químico —dijo André—. De hecho, no hay crimen que perseguir en todo esto.

Monique se le quedó mirando fijamente.

—El hecho es, señora directora, que los personajes de los cuadros se han... *ido*. Han vuelto a sus mundos, a sus propios lienzos. Nos han... *abandonado* —le dijo André, tan convincentemente como pudo.

—*¿Nos han... abandonado?*

—Sí. Se fueron a otra parte.

—¿Y cómo sabe usted esto, exactamente? —preguntó Monique, con un tono impaciente y severo.

—Bueno, lo sé porque...

André tomó un respiró durante lo que pareció una eternidad. Sentía el peso del pasado sobre sus hombros. Recordó el acoso y el miedo. Recordó las burlas, las risas, la soledad de su niñez. Dentro de sí, André sabía que sus siguientes palabras podían poner un punto final a todo lo que había construido desde su llegada a París, a todo lo que le importaba en el mundo: su trabajo, su presencia en el museo, hasta lo que él interpretaba como una naciente amistad respetuosa con Monique Vera, a quien André admiraba tanto. Aun así, decidió ser valiente.

—Lo sé porque... puedo hablar con ellos.

—*¿Qué? ¿Con quién?* —preguntó Monique, incrédula.

—Con los cuadros. Con Lisa. Con Veronese. Con Beatrice. Con los personajes en los cuadros. Hablo con ellos desde que era un niño en Lyon —explicó André, ensayando una media sonrisa.

—¿En Lyon? ¿Dónde? ¿En su casa? ¿En sus libros de estudiante? —preguntó Monique con un dejo inconfundible de sarcasmo.

—No —respondió André, sintiendo en el pecho el principio del rechazo que temía—. Primero fue en el museo...

—¿En el de Bellas Artes? ¿Con qué cuadro ha *hablado* allí? —preguntó.

—*La loca* de Géricault —respondió André—. Marie.

—Ah, ¿el cuadro de Géricault se llama Marie? —dijo Monique, poniéndose de pie súbitamente.

—Sí —dijo André en voz muy baja, dándose cuenta de lo que se avecinaba.

—Señor Bonhomme, usted es cruel, pero también parece creer que soy tonta —dijo Monique, furiosa—. Me indigna que haya venido aquí con estas tonterías cuando el mundo ha perdido *lo que ha perdido*. ¡Lárguese! Y no vuelva a esta oficina ni al museo, ni como empleado ni como invitado. ¡Tiene usted prohibido pisar el Louvre!

Por un segundo, André se sintió confundido. ¿Monique lo había despedido? André intentó decir algo, pero los ojos de ella, llenos de rabia, lo disuadieron. André se dio la vuelta y salió del despacho de la directora del museo.

Ahora sí lo había perdido *todo*.

19

Aturdido, André dejó el museo. Se sentía incluso ligeramente mareado. Le habían ordenado que vaciara su casillero y se llevara todas sus pertenencias. Le dijeron que recibiría un cheque por correo y la indemnización prevista por la ley. Le informaron que su tarjeta de ingreso no serviría más y que entregara sus uniformes a más tardar dos días después. Pero nada de eso le importaba. Para él, el Louvre nunca había sido sólo un trabajo. Era algo mucho más importante: un refugio para su pasión y su secreto. El único lugar donde podía ser auténticamente él. Quizá el único sitio donde se sentía feliz.

André estaba a punto de cruzar la calle cuando Anne lo vio, caminando con la cabeza gacha y una bolsa de plástico del museo llena de cosas. No hacía falta ser detective para adivinar lo que había ocurrido. Anne se dio cuenta de que el misterioso guardia había sido relevado de sus funciones apenas unos minutos después de que se le permitiera el acceso durante la peor crisis de la historia del museo. Tenía que saber... *¡algo!* Periodista al fin, Anne estaba decidida a averiguar qué era exactamente lo que sabía ese guardia que también era su vecino.

Se dirigió hacia él y le gritó.

—¡Eh! ¡Disculpa..., André! —gritó, esperando haber atinado el nombre.

André estaba demasiado absorto en sus propios problemas como para oírla. Anne corrió hacia él, tratando de evitar a la gente que se cruzaba en su camino, con la cámara de fotos rebotando de un lado a otro. Después de casi una cuadra, alcanzó a André al doblar una esquina. Le tocó el hombro.

—¡Eh! ¡Espera! —dijo.

—¡Anne! Hola —respondió sorprendido André cuando se giró. De inmediato sintió que se ruborizaba.

—¡Espera, por favor! A ver. Lo primero es lo primero. Dime otra vez... ¿cómo sabes mi nombre?

—Me dijiste tu nombre hace diez meses mientras hacíamos cola en la tienda. Estabas comprando cebollas y pasta. Yo iba por un paquete de galletas —dijo, como si estuviera describiendo una escena que había ocurrido justo el día anterior—. Me preguntaste por el toldo azul y blanco.

—¡Ah, sí! Lo... siento —dijo ella, desconcertada por la detallada y peculiar respuesta de André—. Soy muy mala con los nombres. Tú eres André, ¿verdad?

—Verdad.

—¿Y sí vives del otro lado de la calle, bajo el toldo azul y blanco, verdad? A veces estás ahí por las mañanas.

—Verdad. Casi siempre, sí.

—André. Un placer conocerte, o verte de nuevo. Ahora, por favor, déjame preguntarte: ¿qué ha pasado hoy? ¿Te han despedido?

André dudó. Aún no podía creer que lo habían echado.

—Creo que sí —le dijo.

—Pero te vi entrar esta mañana, cuando no dejaban entrar a nadie al museo. Pasaste por seguridad sin problemas. El propio jefe de policía tuvo que esperar diez minutos antes de que los militares le dieran el visto bueno. Tú entraste en cuestión de segundos. ¿Qué te hacía tan importante en la mañana y tan prescindible un rato después?

La pregunta era precisa. Una vez más, André tuvo que considerar las consecuencias de decir la verdad. Muchas veces había pensado en mantener una conversación con Anne, pero nunca sobre algo así.

—Trabajaba en la sala de la *Mona Lisa*. Estaba allí todos los días. Querían preguntarme qué había visto. Y ya, eso es todo —dijo, tratando de escaparse de la posibilidad de tener que revelar lo que sabía.

Anne tenía poco más de veintidós años, pero ya contaba con suficiente experiencia como reportera para saber cuando alguien mentía o no le contaba toda la historia. Y André se estaba guardando algo.

—Mira, soy periodista de *Le Monde* y estoy tratando de averiguar qué pasó en el museo —dijo—. ¿Se robaron los cuadros? ¿Cuántos? ¿Quién se llevó la *Mona Lisa*? Ayer me dijiste que *todo el mundo piensa* que se la robaron. ¿Eso quiere decir que tú piensas otra cosa?

André escuchó con atención las preguntas de Anne. Además de ser bella, era intuitiva. De pronto, André quiso hacerle también muchas preguntas: sobre su trabajo y sus pasiones y sus aficiones… pero se quedó callado. Como solía hacer, se guardó sus pensamientos.

—Yo no digo mentiras. Nunca digo mentiras. Yo no creo que nadie se haya robado el cuadro.

—¿Cuadro o cuadros? Las autoridades dicen que se llevaron tres.

—No se los llevaron. Ni a la *Mona Lisa*. Ni a ningún otro. No hubo ningún robo.

—¿Qué pasó, entonces? —preguntó Anne.

André se quedó helado. ¿Debía confiar en ella? ¿Podía contarle lo que sabía?

—No creo que deba decirte nada más. Yo no quiero problemas. Suficiente tengo ya —dijo André, y empezó a caminar.

—¿Y si te prometo que no usaré lo que me digas? Nadie lo sabrá. Sólo nosotros, como... *amigos*.

Aunque esa última palabra lo ilusionó, André siguió caminando en silencio.

—¡Eh, por favor, espera! —le suplicó Anne caminando a su lado—. André, escúchame. Para mí, la *Mona Lisa* no es un cuadro cualquiera. Cuando era niña, mi padre me llevaba al Louvre todos los sábados para verla. Cada vez nos colocábamos en un ángulo diferente. Me decía que el cuadro tenía la capacidad de seguirte a través de la sala. La clave era mirarla, realmente *mirarla*. Ver el cuadro de verdad. Me enseñó el valor del respeto y la atención al detalle. Me convirtió en la persona que soy. Mi padre ya no está, pero no me perdonaría que no hiciera todo lo posible por averiguar qué pasó con el cuadro. Así que, déjame preguntarte de nuevo, André: ¿qué pasó?

Sorprendido por la historia y la sinceridad de Anne, André se detuvo. La miró fijamente.

—Ella también significaba mucho para mí —dijo—. Pero lo que ha pasado es peor de lo que crees. La *Mona Lisa no ha sido* robada ni reemplazada. Ha *desaparecido*. Se ha *ido*. No sólo ella, sino *todos* los cuadros del ala Denon, *todos* los cuadros de todo el museo, por lo que sé. Cada personaje de cada cuadro ha *desaparecido*.

Anne tardó varios segundos en asimilar lo que había escuchado. Según André, prácticamente todos los cuadros del Louvre habían desaparecido. Esto era peor de lo que se pensaba.

—¿Pero se llevaron los cuadros? —preguntó Anne, conmocionada.

—No —contestó André—. No. Los lienzos siguen ahí. Los marcos siguen ahí. Los que no están son los personajes, ¿me entiendes?

—¿Entonces alguien los sustituyó por falsificaciones?

—No. Escúchame. —André sabía que lo que estaba explicando era muy difícil de comprender, incluso para alguien como Anne. El misterio era tan grande que resultaba increíble—. Las pinturas están ahí. Cada lienzo y cada marco. El lienzo original de Leonardo está ahí. También el de Veronese. Y todos los demás. Los paisajes, las tablas, los retablos. Están ahí. Pero *los personajes de los cuadros no están* —dijo André, tratando de explicarse con mayor claridad.

—¿Alguien los borró? —preguntó Anne, tratando de entender lo que estaba escuchando.

—No. Nadie los ha borrado. Si acaso, *ellos mismos se han borrado* —dijo André, deteniéndose antes de revelar más de lo debido. No quería asustar a Anne ni ganarse su rechazo, como había ocurrido con Monique Vera y con tanta gente durante toda su vida.

—¿Qué quieres decir con que ellos mismos se borraron? —preguntó Anne, perdida en la extraña explicación de André.

Llegados a este punto, André Bonhomme tuvo que tomar una decisión crucial. Podía detenerse en ese momento y protegerse a sí mismo y su secreto, o podía confiar en Anne. Sabía que las probabilidades no lo favorecían. Si decidía ser sincero, Anne probablemente haría lo que muchos habían hecho antes: ignorarlo, desestimarlo, burlarse y reírse de él. Lo fácil, para André, habría sido guardarse el secreto y seguir adelante. Pero todo en la vida tiene un límite y ahí, frente a la mujer que había visto tantas veces desde su balcón, André se sorprendió a sí mismo y optó por abrir su corazón.

—Los personajes de esos cuadros huyeron. Decidieron... irse. ¿Adónde? No lo sé. ¿Por qué? Tampoco lo sé. Pero sí sé que se fueron.

Anne, una mujer inteligente e inquisitiva, periodista de formación y aspiración, hizo la misma pregunta que Monique, la pregunta que había hecho que despidieran a André.

—*¿Y cómo sabes todo esto?*

André temía esa pregunta más que ninguna otra. Durante toda su vida había mantenido oculto su secreto, plenamente consciente de lo difícil que sería de creer para la gente. Había alimentado su pasión por el arte, pero también su soledad. ¿Quién iba a confiar en un hombre que juraba que podía hablar con... pinturas? Pero no le gustaba estar solo. En el fondo, anhelaba amistad y compañía. Tenía muchas ganas de confiar en la buena fe de la gente. Y había visto a Anne tantas veces desde lejos. Había imaginado su amistad tantas veces...

Quizá por la impresión que le habían dejado los acontecimientos del día, o quizá porque tenía a Anne allí mismo, delante de él. Por la razón que fuera, André decidió decir la verdad sobre sí mismo y sobre lo ocurrido en el Louvre.

—No espero que creas esto de ninguna manera, pero yo no digo mentiras. Nunca digo mentiras. La verdad es que... puedo hablar con las pinturas. Desde que era un niño tan pequeño como tú cuando tu padre te llevaba a ver a Lisa, he podido hablar con los cuadros.

Mientras Anne asimilaba lo que había oído, se hizo un larguísimo silencio. André esperaba que se riera o se marchara. Pensó que era cuestión de tiempo para que ella hiciera lo que habían hecho otros antes: despreciarlo, alejarse. Pero la vida a veces regala sorpresas. Anne hizo algo muy distinto a lo que esperaba André: lo miró con curiosidad y sinceridad.

—¿Te dijeron exactamente hacía dónde fueron? ¿Te dijeron dónde están? —preguntó.

André titubeó. No esperaba en absoluto que Anne le creyera, o que siguiera interesada en hablar con él. Nunca le había pasado algo así. Estaba entrando a un terreno completamente desconocido.

—Pues no. Quería preguntarles hoy, pero cuando llegué, todos se habían ido.

—Todo esto suena muy extraño, André —dice Anne—. Si estás bromeando, deberías saber que podría perder mi trabajo por esto.

André comprendió su vacilación.

—Entiendo que te suene no sólo extraño sino imposible, pero como ya te he dicho: yo no miento —dijo—. Depende de ti si quieres creerme. Pero yo nunca miento.

—Ya veo —dijo Anne, tomando aire—. Entonces debemos encontrar la forma de llegar a los cuadros. Tienen que regresar. Alguien debe saber cómo encontrarlos y convencerlos.

Su disposición a concederle al menos el beneficio de la duda sorprendió por completo a André. También le produjo una sacudida de felicidad. Quizá por eso una idea improbable cruzó su mente en ese instante. Era una posibilidad muy remota, pero…

—Puede que conozca a alguien que tenga alguna idea —dijo.

—¿Adónde? Vamos, ¡ya! —dijo Anne, exultante, como una niña a punto de embarcarse en la búsqueda de un tesoro.

—No está aquí, Anne. Tengo que ir hasta Lyon.

—¿*Tienes* que ir? —preguntó—. *Tenemos que ir*. Nos vemos en la estación de Montparnasse a las 8:30. Hay un tren a las 9:00. Voy al museo y luego al periódico, pero te veo mañana. ¡Y ojalá de verdad no estés diciendo mentiras!

Y así, de pronto, Anne le sonrió. André no supo qué decir y ella se marchó. André permaneció en la acera, observando cómo ella desaparecía al doblar la esquina, corriendo hacia el Louvre de nuevo, a cubrir la historia de la gran desaparición. Quería preguntarle muchas cosas.

«Quizá mañana, en el tren», pensó, y entonces sí, sonrió.

20

André había viajado en tren bala a Lyon muchas veces a lo largo de los años. Lo tomaba cada Navidad y volvía después de Año Nuevo. Intentaba regresar a casa a visitar a lo que quedaba de su familia, que no era mucho. A pesar de su juventud, André sabía muy bien cómo era el paso del tiempo y el peso de la pérdida de los seres queridos. Su madre había muerto de una repentina enfermedad cuando André estaba por cumplir dieciséis años. Su padre se había ido apenas un año antes de la desaparición de la *Mona Lisa*. André siempre había pensado que su padre había muerto lentamente de tristeza: nunca había podido reencontrar la alegría tras la muerte de su mujer. Le quedaba su tío Louie, que seguía por ahí, aferrado a la vida, un viejo lobo, hombre de pocas palabras, pero de gran corazón. Su primo Lucas, varios años más grande que André, se había ido a vivir a España años atrás. Poco quedaba de la familia Bonhomme, más que los recuerdos.

André conocía bien el tren, desde los colores que volaban por la ventanilla hasta las personas que viajaban a Lyon, muchos regresando, como él lo había hecho tantas veces, a la tierra original. Pero ni en sus mejores sueños había pensado que un día estaría sentado frente a Anne en el tren. Pero en efecto: allí estaba ella, mirando por la ventanilla.

—¿Viajas mucho en este tren? —preguntó.

—Unas dos veces al año. La mayor parte de mi familia ya no está. Mis padres murieron ya. Tenía un primo, pero se fue. Mi tío sigue allí, viviendo donde crecí.

—Siento oír eso. Sé lo que se siente. Yo también ya estoy sola —dijo.

Ambos guardaron silencio un momento.

—Aunque me gustaría mucho, no salgo mucho de París —dijo Anne, mirando al exterior—. Mis asignaciones están casi siempre en la ciudad. Cuando llega el fin de semana ya no tengo energía para subirme al tren o salir.

André asintió.

—Pero ojalá no fuera así —continuó Anne, mirando el paisaje—. Todo el campo es tan hermoso y vasto. A veces nos olvidamos de que esto existe, ¿no crees? Rodeados de cemento en la ciudad, mirando nuestros teléfonos como robots.

A André le sorprendió que Anne compartiera su preocupación por la falta de atención de la gente a la vida real, la vida más allá de las pantallas, los teléfonos y todo aquello. No pudo evitar sentir que, aunque apenas se conocían, la confianza entre los dos crecía. Anne dejó de mirar hacia fuera y se volvió hacia él.

—¿Así que creciste en Lyon?

—En las afueras de la ciudad. En Quincieux. En el Ródano.

—¡Uy, qué belleza! Eso suena encantador —dijo Anne—. Yo nací en el norte. Viví en Abbeville hasta los cuatro años. Me mudé a París con mi padre un año después. Digo, por si te interesaba saberlo.

Anne rió de buena gana. Tenía una risa sonora y dulce, casi infantil. André sonrió al escucharla.

—¡Claro que me interesa! —le dijo André—. ¿Y tu madre?

—Murió cuando yo tenía tres años. Un accidente.

André se sintió avergonzado. No le gustaba incomodar a la gente.

—Siento haber preguntado —dijo.

—No te preocupes —lo tranquilizó—. Fue hace mucho tiempo. Y disfruté mucho viviendo con mi padre. Nos encantaba París. A *él* le encantaba París. Era una persona de ciudad. Abbeville era demasiado frío y húmedo y lejos de París para mi padre. No le gustaba mucho el silencio. Siempre había anhelado vivir en la gran ciudad, ¿sabes? Y la conocía al dedillo. Condujo un taxi durante más de diez años, siempre sonriendo y entablando conversación. Me enseñó todos los secretos, desde las catacumbas hasta los lugares más extraños que puedas imaginar. París está lleno de misterios. De cosas imprevisibles. Cuando menos lo esperas, se abren puertas que ni sabías que existían. Fue él quien me enseñó a hacer preguntas y a no tener miedo de pedir explicaciones cuando son necesarias. Era una persona tan alegre, mi padre.

André la miró asombrado. Era una gran narradora. Describía las cosas con la misma habilidad que tienen los pintores para delinear un paisaje.

Anne volvió a mirar por la ventana.

—Entonces, ¿cómo aprendiste a hablar con las pinturas? —preguntó Anne con un dejo de picardía, como si quisiera saber un detalle menor y normal sobre André, en lugar de algo que era, objetivamente, imposible.

—No aprendí —respondió André—. Simplemente ocurrió. Mis padres me llevaron un día al museo y me perdí. Tenía nueve o diez años. Entré en una de las galerías y oí una voz. Como no había nadie más en la sala, supuse que tenía que ser uno de los cuadros.

—*Por supuesto*... —reaccionó Anne, con una sonrisa con un dejo de sarcasmo juguetón.

—Resultó ser una mujer muy especial. Una señora. La oí alto y claro —continuó André—. A partir de ese día, descubrí que, por la razón que sea, podía hablar con personajes dentro de un lienzo.

—¿Cualquier personaje? —preguntó Anne, asombrada.

—Sí —respondió André—. Así como estoy hablando contigo ahora. Para mí... cobran vida.

—¿Y cuál fue ese primer cuadro? —preguntó Anne.

21

Cuando era niño, André pensaba que el Museo de Bellas Artes de Lyon estaba encantado. Y con razón: los enormes pasillos del convento restaurado en el corazón de la ciudad pueden inspirar temor, y mucho, a un niño pequeño. Tras su primer encuentro con Marie en su cuadro, André volvió al museo una y otra vez. Pronto, el lugar se le hizo muy familiar, tanto que podía recorrerlo con los ojos cerrados, yendo de sala en sala guiado por una suerte de brújula interior.

Fue allí donde André se convirtió por primera vez en guía turístico de un museo. Tras la muerte de su madre, André se había hundido en una tristeza profunda. Su padre había tenido la idea de recomendarle que pidiera trabajo en el museo que tanto amaba. «Siempre que estás allí te veo feliz», le había dicho.

Resultó ser un consejo inspirado. En los pasillos del museo de Lyon, André encontró el sentido de su vida. Encontró sosiego y compañía en el arte. Hablando de las piezas en el museo, André se sentía orgulloso y reconocido. Apenas a los dieciséis años, se convirtió en el guía más joven de la historia del museo. De ese calibre era su conocimiento del edificio y de las obras maestras que albergaba. En aquellos años, André terminaba cada visita delante del cuadro de Marie pintado por Géricault y cada vez añadía un dato poco conocido sobre el cuadro, el artista o, a veces, uno de los secretos personales de Marie. «Se supone que esta mujer está loca», decía a menudo. «Pero su mirada me parece bastante traviesa». Marie siempre sonreía ante el sentido del humor de su joven amigo.

Cuando llegaron a Lyon aquella mañana, André y Anne se encontraron con una escena tristemente familiar. Había guardias armados en todas las entradas y, aunque el museo seguía abierto al público, la fila daba la vuelta a la manzana.

—Se entiende que hagan esto. Siguen pensando que los cuadros de París fueron robados. Tienen miedo de que lo mismo pueda pasar aquí —le dijo André a Anne, mirando a los guardias.

Anne lo escuchó, pero no dijo nada. Miraba incrédula su teléfono. Le enseñó a André la pequeña pantalla. André entrecerró los ojos y trató de entender lo que leía.

—¿Cómo se puede leer algo en una pantalla tan pe...? —dijo, antes de perder el aliento.

André no podía creer lo que leía. «Robo de cuadros en el Prado y los Uffizi. Una inexplicable epidemia de desapariciones sacude el mundo del arte». André siguió leyendo, con el corazón acelerado. Por primera vez, el mundo sabía los detalles de la desaparición. La noticia explicaba que los lienzos seguían en su sitio, pero que los personajes ya no estaban, «como borrados de la noche a la mañana», decía y enumeraba seis cuadros que, según las autoridades de Florencia y Madrid, habían visto esfumarse a sus protagonistas. Para André, los más notables eran *El nacimiento de Venus,* de Botticelli, y *Las Meninas*, de Velázquez, dos de las mayores obras de arte de la historia del mundo. André sabía cómo habían desaparecido los cuadros —los personajes, o al menos Lisa, simplemente habían decidido abandonar sus lienzos— pero seguía sin entender por qué. Era como si les hubiera atacado una enfermedad terrible. El informe en el teléfono de Anne contenía una imagen del magnífico retrato de Velázquez, en la que faltaba cada uno de los diez personajes que el célebre pintor español había dispuesto en una de las composiciones más notables jamás creadas. Todos habían desaparecido del cuadro, incluido Velázquez, que se había incluido a sí mismo en su obra. Incluso el mastín español, el magnífico perro que protegía a las jóvenes princesas, se había ido.

Si la gente estaba alarmada en París antes de que se difundiera la desaparición, las cosas se pondrían mucho peor muy pronto. Ahora, más que nunca, André sabía que necesitaba entrar en el museo que tan bien conocía.

—Esperemos que Marie siga ahí —susurró.

Anne lo miró y empezó a caminar hacia la entrada. Compartía plenamente la sensación de urgencia de André.

—Ven conmigo. Tengo una idea. —Anne le dio su cámara a André—. Cuélgatela.

22

Anne se acercó al policía que custodiaba una de las entradas del museo y le mostró su acreditación de prensa. Sabía que era una apuesta arriesgada: no todo el mundo reaccionaba favorablemente ante los periodistas, y mucho menos en una situación de crisis. Pero tenía que intentarlo. El policía miró la identificación de *Le Monde* por delante y por detrás.

—El señor es mi fotógrafo —dijo Anne señalando a André, que trató de no sonreír ante la astucia de Anne—. Estamos aquí para reportar sobre las excepcionales medidas de seguridad en el interior del museo aquí en Lyon. Pero tenemos poco tiempo.

André pensó que, a pesar de mostrar una admirable inventiva, la estrategia de Anne tenía muy pocas posibilidades de tener éxito. Pero se equivocó. Para su sorpresa, el guardia abrió la cadena de seguridad y los dejó pasar. André y Anne se encontraron de pronto en el interior del museo.

—Un periodista sin suerte no es un buen periodista —dijo ella, orgullosa.

No había nadie más que algunos guardias de seguridad. Los pasillos estaban tan inquietantemente vacíos de gente como los del Louvre. Afortunadamente, todos los cuadros en las paredes parecían intactos. Los personajes seguían allí.

André sintió un profundo alivio.

—Hay que apurarnos —sugirió Anne.

André asintió y empezó a caminar hacia su vieja amiga. Por un momento, mientras subía las hermosas escaleras hasta el segundo piso del edificio, cerró los ojos y se desenvolvió perfectamente por el museo, como si volviera a ser aquel guía adolescente que, desde niño, había encontrado la felicidad en ese lugar.

23

Anne nunca había visto en vivo el retrato que había hecho Géricault de la mujer a la que André llamaba Marie. Su expresión la sorprendió al instante. De sus clases de arte en la escuela, recordaba que se pensaba que el cuadro representaba a una mujer que sufría algún tipo de demencia. Géricault la había conocido en un manicomio y la había retratado con su talento casi fotográfico para captar la expresión humana. Cada pincelada parecía detallar el dolor de la mujer.

André notó la ansiedad de Anne.

—*No* es en absoluto lo que parece —le dijo, para tranquilizarla.

—Te creo, pero la imagen es muy fuerte.

—Eso es cierto.

André se acercó lentamente al marco. Anne no sabía qué esperar. ¿Iba a empezar a *hablar* con el cuadro? ¿Golpearía levemente el marco para despertar a la mujer? ¿Iba a poder escuchar algo de la supuesta conversación entre un hombre de carne y hueso y una mujer pintada sobre un lienzo más de un siglo antes? Aunque Anne quería creer en la conexión mágica de André con el mundo del arte, su lado lógico empezó a corroerla: ¿no era todo esto *ridículo*? ¿André de verdad era capaz de *hablar con cuadros centenarios*?

André se detuvo a medio metro del cuadro de Géricault. Permaneció allí unos segundos, mirando fijamente a los ojos de la mujer del lienzo. Y entonces, como si acabara de abrirse una puerta invisible, empezó a hablar.

—Hola, querida Marie —dijo André, claramente emocionado.

Anne no podía oír otra cosa que a su extraño y nuevo amigo hablando con una obra de arte del siglo XIX. Toda la situación era difícil de creer. Aun así, por la expresión de André, Anne se dio cuenta de que se estaba produciendo algún tipo de interacción. La voz de André tenía el timbre inconfundible de la familiaridad y el afecto. Algo estaba claramente pasando entre André y el cuadro. Ya si todo estaba pasando dentro de la cabeza de André o si algo realmente sucedía con la mujer que había pintado Géricault, era otra cosa.

Por el momento, André asentía y sonreía. Luego, de pronto, movió de un lado a otro la cabeza, en lo que Anne interpretó como una señal de tristeza. Anne pensó en sacar el teléfono móvil para grabar lo que estaba presenciando, pero se abstuvo. Quería verlo con sus propios ojos, sin que ningún aparato interfiriera en lo que quizá era la primera vez que presenciaba magia pura, al menos desde que vio a su padre sacarle una moneda de detrás de la oreja, en ese truco de prestidigitación que tanto les hacía reír, tantos años atrás.

—¡Pero no me cree! —dijo André, de repente.

Anne miró a André, que parecía en trance.

—No tengo tiempo para acertijos. Hoy no —dijo André—. Por favor, dime lo que quieres decir.

Anne oyó pasos que se acercaban.

—André, tenemos que irnos ya —dijo ella.

André se quedó quieto.

—Lo intentaré —le dijo al cuadro.

André se acercó al lienzo y, con el dorso de la mano, estuvo a punto de acariciar la superficie de la obra de Géricault.

—No. Quizá algún día —dijo, y se dio la vuelta, dejando atrás el cuadro de Géricault. Para Anne, la imagen parecía inmóvil, sólo un impresionante retrato de una mujer triste y anciana. Para André, ahora era evidente, la mujer de aquel lienzo era mucho, pero mucho más.

Antes de salir, André volteó una vez más.

—Marie, una cosa más. Por favor, no desaparezcas. Tú no.

24

Anne y André salieron a la Place des Terreaux, la hermosa plaza situada frente al museo. El sol brillaba. Ambos vieron a un nuevo y numeroso destacamento de policías llegar hasta las puertas del museo. Estaba claro que las fuerzas de seguridad planeaban vigilar cada pieza de arte en Lyon, y en el resto del mundo. André miraba la escena aturdido, pero Anne no estaba de humor para silencios.

—¿Qué te dijo? —preguntó Anne.

—Siempre es así... —respondió André, con un dejo de tristeza.

—¿Así cómo?

—No da respuestas directas. Habla casi en acertijos. Desde siempre —dijo André, desanimado.

—¿Qué. Te. Dijo? —Anne empezaba a perder la paciencia.

André se dio la vuelta y la miró.

—Me dijo que lo que está pasando no es una coincidencia. Que alguien está convenciendo a los personajes para que abandonen sus lienzos y se vayan a otra parte.

—¿Cómo que *alguien*? —preguntó Anne.

—Alguien ha estado hablando con los cuadros desde dentro de su mundo, o de su *dimensión*, o como quieras llamarlo —explicó André—. Marie asegura que no sabe quién lo está haciendo, sólo que ha convencido a los cuadros para que *desaparezcan*.

—¿Cómo los ha convencido?

—No sabe, pero seguirá pasando. Pasará en otra parte, y muy pronto.

—Te pidió que hablaras con alguien, que convencieras a alguien, ¿verdad? —preguntó Anne—. Dijiste que alguien no te cree. ¿Quién?

—La directora del Louvre.

—¿Monique Vera?

—Sí —dijo André—. Le dije a Marie que no me cree, lo cual es cierto. Me despidió cuando le dije lo que sabía.

—¿Le dijiste que hablabas con los cuadros?

—Sí —dijo André, resignado.

—Bueno, tampoco la culpo... —dijo Anne, con sentido del humor—. ¿Y el acertijo? ¿Cuál es el acertijo?

—Me dijo que la respuesta está... dentro de mí —dijo André.

La frase irritó a Anne. Sonaba como uno de esos mensajes que se encuentran en las galletas de la suerte. Y ni ella, ni André, ni el mundo tenían tiempo para adivinanzas.

—Quizá está loca después de todo —trató de bromear—. André, tenemos que volver a París y convencer a Vera.

—Fabuloso —ironizó André—. ¿Y decirle qué? Digamos que al final me cree. ¿Entonces qué hago?

Anne se encogió de hombros y echó a andar. Y entonces, cuando estaba a punto de dejar atrás el museo por completo, se detuvo.

—¡Espera, André! Quédate ahí, justo donde estás. Tengo una idea. Dame la cámara y mírame.

Anne sacó su cámara y tomó un par de fotos de André, con el Museo de Bellas Artes de Lyon al fondo.

25

En el tren de vuelta a París, Anne se puso enseguida a garabatear en un pequeño bloc de notas de periodista. Parecía tener una idea muy clara de lo que quería hacer.

—Creo que he encontrado la forma de hacer que Monique Vera se fije en ti —dijo Anne—. Nos aseguraremos de que te tome en serio a partir de ahora, André.

Anne explicó su plan. Si su jefe en el periódico estaba de acuerdo, escribiría un artículo sobre André. Escribiría sobre su devoción por la pintura de Géricault y sus años de trabajo junto a la *Mona Lisa*. Utilizaría la foto que había tomado fuera del museo. Y, con el permiso de André, escribiría sobre su capacidad para comunicarse —de algún modo, mágicamente— con el arte. Anne esperaba que, cuando viera publicada la historia, Monique Vera lo entendería y recurriría a André para averiguar algo y resolver el misterio de las desapariciones.

André admiraba el valor de Anne. De verdad era todo lo que él pensaba que sería cuando intercambiaban aquellas breves miradas matinales que tanto le gustaban: una mujer elocuente, bella e inteligente. Pero ahora la miraba también con cierta incredulidad. Desde luego, no estaba convencido de querer compartir su secreto con *todo el mundo*, exponerse de aquella manera.

—No estoy seguro... —le dijo a Anne, temeroso.

—Dices que la gente necesita que *la vean*, ¿verdad? —preguntó Anne, tratando de tranquilizarlo—. Bueno, ésta es tu oportunidad. Aunque ciertamente existe la posibilidad de que te envíen a un manicomio, como a Marie.

Aunque entendió el fino humor detrás del comentario de Anne, André apenas sonrió. Llevaba un rato mirando el paisaje. De pronto, comenzó a hablar.

—Cuando mi madre acababa de morir, de camino a casa desde el colegio me gustaba pasar por delante de una pequeña tienda de animales —dijo, sin apartar la vista de la ventana—. Me sentía bastante solo y la rutina me ayudaba. Todos los días paraba en esa tienda. Tenían un corral lleno de periódicos triturados donde ponían a los cachorros que estaban a la venta. Adentro había un perrito marrón que parecía reconocerme. Sé que es una tontería, pero estoy seguro de que me reconocía. Saltaba y arañaba el vidrio. Me gustaba acercarme y saludarlo, dándole golpecitos en el cristal. Le hablaba, lo animaba. El perro respondía como si me conociera. Saltaba todavía más alto y ladraba ese ladrido agudo que tienen los cachorros. Siempre pensé que intentaba decirme algo. Esto duró más o menos dos meses. Cada día yo notaba que el cachorro estaba creciendo, haciéndose mayor, quizá demasiado grande para su sitio junto a la ventana. Era hermoso y siempre estaba feliz. Aun así, día tras día, nadie lo compraba. Y mientras tanto, yo seguía visitándolo. Todos los días a la misma hora. Se acostumbró tanto a verme pasar que se sentaba en el borde del corral, pegado al vidrio, mirando en la dirección de la que yo venía. Un día le pregunté a mi padre si podía tenerlo en la casa. Le expliqué que el perro me reconocía todos los días, le conté cómo brincaba cuando me veía. Y le dije que había ahorrado lo suficiente como para comprarlo. Pero mi padre no quiso. Me respondió que en nuestro departamento no había lugar para un perro. Y tenía razón. El cachorro era grande e iba a crecer más y más. Me dolió mucho que mi padre me prohibiera comprarlo, pero no me disuadió. De inmediato empecé a pensar cómo podría liberarlo. Quería encontrar algún modo *de sacarlo de allí. Era mi amigo, ¿me entiendes?*

André se volvió hacia Anne, con lágrimas en los ojos.

—Y un día... desapareció —dijo—. Así, sin aviso, ya no estaba. Pasé y el corral estaba vacío. Entré en la tienda y el dueño me reconoció. «Tú vienes aquí todos los días», me dijo. Cuando le pregunté qué había pasado con mi cachorro, me aseguró que al perro lo había comprado una buena familia que había entrado justo cuando estaban a punto de cerrar la noche anterior. «Buena familia», me aseguró. Me dijo que la familia era de París y que pensaban llevarse al perro a la ciudad. Pero siempre he tenido la duda. Siempre me lo he preguntado. Siempre quise sabe si realmente encontró un buen hogar...

André volvió a mirar por la ventana.

—Tienes mi permiso para publicar la historia —le dijo—. Pero espera hasta mañana. Déjame intentar hablar con Monique otra vez antes de que la escribas. Quizá ahora me escuche.

Las luces de París parpadeaban a lo lejos. El tren se acercaba a la estación. Ambos permanecieron sentados, en silencio.

26

André se despertó temprano a la mañana siguiente. Había pasado una noche tan agitada que su almohada estaba empapada en sudor. Había tenido un sueño extraño. Se había visto bajando por una larga y oscura escalera, gritando el nombre de Lisa. Cuanto más bajaba, más oscuro y tenebroso le parecía el lugar. Entonces, de repente, pudo oír a Lisa gritando, en algún punto lejano. Ella le llamaba, intentando guiar a André hacia donde estaba, pero el sitio se sentía inalcanzable y peligroso. Cuanto más se adentraba André, más desesperados se volvían los gritos de Lisa. En su sueño, la escalera empezó a sentirse húmeda, como en medio de una selva. André sintió como si las paredes se cerraran sobre él, atrapándolo sin remedio ni escapatoria, como en un puño.

Despertó asustado.

Aún aturdido, se levantó y se acercó al balcón. Miró hacia el departamento de Anne. El día anterior, al salir de la estación, André le había contado por fin lo mucho que le gustaba su ritual matutino, compartir una rápida sonrisa desde el otro lado de su calle parisina para empezar el día, como si realmente se conocieran bien.

—Quizá un día quisieras subir a tomar un café —le había dicho André, armándose de valor.

Aceptaría encantada su invitación a tomar un café, le había respondido ella.

Ahora, cuando la ciudad empezaba a despertarse, miró hacia el edificio donde vivía Anne con la esperanza de que abriera la ventana y lo saludara. Se quedó mirando un par de minutos y suspiró: no la veía por ninguna parte. Se dio la vuelta y se sirvió un café, solo. Tenía que salir de dudas y dirigirse al Louvre. Por improbable que fuera, tenía que convencer a Monique de su versión de los hechos. André estaba seguro de que él era la única persona capaz de llegar al fondo del misterio. Lisa, ahora lo tenía claro, quería su ayuda, de alguna manera. Tal vez estaba en peligro.

Un fuerte golpe en la puerta lo sorprendió justo cuando regresaba del balcón. André dejó la taza de café sobre la mesa y abrió la puerta. Era Anne, y se veía pálida. Llevaba bajo el brazo varios periódicos.

—Pasó otra vez. Marie tenía razón —dijo y dejó caer los papeles sobre la mesa.

André agarró un par. Eran noticias de todo el mundo.

—Está pasando en todas partes, André —dijo Anne—. La mitad de los cuadros de Nueva York han desaparecido. Los Rembrandt y los Van Gogh. Lo mismo en Washington D. C. y Roma. Ya lo llaman «La gran desaparición». Está en todas partes.

André leyó una de las historias, de Nueva York. Era sobre un hombre llamado Peter Hammill, guardia como André, que trabajaba en las galerías europeas del famoso

Museo Metropolitano de Arte, un lugar que André siempre había querido visitar. Era el encargado de cuidar el retrato más famoso de Van Gogh: *Autorretrato con sombrero de paja*. De acuerdo con la historia, en algún momento del día anterior, Peter se había desmayado. Y con razón. Allí, colocado sobre un pilar blanco en el gran museo de Nueva York, donde llevaba desde 1936, el marco de Van Gogh estaba vacío. El artista y sujeto, con sus luminosos ojos azules y sus famosos rasgos afilados, se había esfumado. Como todos los otros personajes en tantos cuadros alrededor del mundo, había desaparecido. Peter le había dicho al reportero que lo había entrevistado que no sabía cómo era posible que ocurriera algo así. Parecía un acto de magia negra.

«Yo sé a qué te refieres», susurró André para sí.

—André, vístete ya. Bonita pijama, pero tenemos que ir a hablar con Monique Vera.

Algo avergonzando, André fue a su recámara a cambiarse de ropa. Desde allí pudo ver a Anne parada frente al autorretrato en el caballete.

—¡Es precioso! —dijo ella—. Realmente te atrapa.

André sonrió: «Bueno, no es Van Gogh, pero al menos sigue aquí...».

27

En su despacho, Monique Vera estaba a punto de sufrir un ataque de nervios.

Era plenamente consciente de que la famosa «gran desaparición» se comparaba ahora con otras tragedias de la historia del arte, como el incendio de la valiosísima biblioteca de Alejandría o la hoguera de las vanidades de Savonarola, en la que cientos de obras maestras de incalculable valor se convirtieron en cenizas en las calles de Florencia medio milenio atrás por decisión de un fanático. Pero lo que estaba pasando con los cuadros ahora era, quizá, peor. Era peor porque nadie, ni en París, ni en Nueva York, ni en Madrid, ni en la propia Florencia, ni en ningún otro lugar, tenía la menor idea de qué había pasado con algunas de las pinturas más asombrosas de la historia. Y aunque Monique sabía más que el resto del mundo, estaba desconcertada por lo ocurrido. No tenía ni idea de adónde habían ido a parar los cuadros. Todo era un profundo misterio.

El rompecabezas era angustioso. Monique había recibido a expertos de todos los organismos imaginables. Forenses, policías, especialistas en robos de arte y cualquiera que tuviera alguna función medianamente importante en las fuerzas del orden francesas había acudido a su despacho e inspeccionado las paredes del museo. Habían revisado todos los registros de todas las cámaras de seguridad de todas las salas y habían encontrado… nada. No había pruebas de robo. Ni huellas extrañas ni señales de que alguien hubiera cambiado los marcos. Sencillamente, no había explicación. Y para Monique Vera, la tragedia había empezado a ser difícil de soportar.

«Puede que tenga que llamar a un vidente», pensó Monique.

En ese preciso instante, se encendió una luz en el teléfono de su despacho. Era la seguridad del museo. Monique rezó para no tener que enterarse de la desaparición de otro cuadro.

—Señora directora —dijo la voz masculina al otro lado de la línea—. Tengo al señor André Bonhomme aquí para usted. Lo acompaña una señorita. Dicen que tienen información relevante sobre… la situación.

Monique se esforzó durante un minuto antes de atar cabos y recordar a André. En cualquier otra circunstancia, le sería fácil ignorar a aquel loco que, apenas un par de días antes, había sugerido tener la capacidad de conversar con grandes obras de arte. Sonaba tan absurdo, tan demente. Pero no eran tiempos normales y Monique estaba dispuesta a admitir que resolver un misterio a veces requería de un poco de fe.

—Mándalos directamente aquí —dijo.

Monique colgó el teléfono y suspiró. Ya se estaba arrepintiendo.

28

Cuando André y Anne entraron, Monique se tomó un segundo para observar a la joven pareja. Le gustaba examinar a las personas tanto como al arte; encontrar los detalles que hacían único a cada uno. La presencia de Anne le llamó la atención. Con su pelo negro, que caía naturalmente en largos rizos y sus ojos redondos y azules, Anne desprendía una energía palpitante. A su lado estaba André. Monique no había tenido ocasión de fijarse bien en aquel joven alto, delgado casi hasta los huesos y claramente estudioso. No pudo evitar darse cuenta de que estaba agotado. Sus ojos, verdes hasta donde Monique podía ver, parecían sombríos. La expresión de André delataba su inquietud.

—Entre, *monsieur* Bonhomme. ¿Y ella quién es? —preguntó Monique.

—Gracias, señora directora. Es mi amiga Anne. Es amiga y testigo. También es periodista —dijo.

—¿Testigo *de qué*? ¿Y cómo que periodista? ¡Nunca di permiso para que entrara una periodista! Tengo que pedirle que se vaya —le dijo Monique a Anne, señalando la puerta.

—Si me lo permite, señora directora —dijo la joven—. Me llamo Anne Robert. Soy periodista de *Le Monde*, pero no estoy aquí como periodista. Estoy aquí para decirle que lo que André tiene que compartirle es la verdad. Yo lo vi, y usted debe creerle porque el tiempo se acaba.

Monique dudó. Todos sus instintos le sugerían que cerrara la puerta a la periodista y al supuesto místico, pero la situación era grave y no podía ignorar ninguna posibilidad. Los escucharía.

—Les doy ocho minutos. A las nueve en punto tengo que atender una llamada del ministro de Cultura —les advirtió—. Siéntense.

André y Anne se sentaron frente a Monique.

—Adelante —les dijo con impaciencia.

André miró a Anne. Ella asintió, apoyándolo a él y a la historia. André se sintió animado.

—Bien, señora directora, estoy seguro de que recuerda lo que le dije...

—¿Cómo olvidarlo? —interrumpió Monique, en un tono ligeramente burlón.

—¿Y recuerda que le dije que adquirí esa habilidad por primera vez mientras hablaba con *La loca* de Géricault en Lyon?

—Sí. Me dijiste que se llama Marie, si no me equivoco —dijo Monique, mientras sus dudas crecían.

—Eso es correcto, *madame*. Sí. Marie —dijo André, temiendo perder de nuevo la atención y el respeto de Monique—. Bueno, ayer volví a Lyon. Fuimos los dos.

Anne asintió, con semblante serio.

—Y hablé con Marie —continuó André.

—¿Ah, sí? —preguntó Monique—. ¿Y qué le dijo?

—Me dijo que los personajes de todos estos cuadros están desapareciendo por una razón. Me dijo que alguien los ha convencido para que abandonen este mundo y vuelvan a su propio... lugar —explicó André, con cuidado.

—¿Alguien está *secuestrando* los cuadros?

—No. No las pinturas; sólo a los personajes. Y yo no lo llamaría secuestro. Alguien los está convenciendo de... huir, de moverse, de dejar nuestro mundo. Marie dice que los personajes quieren ser *vistos*.

A André, su explicación le pareció razonable, pero al oírse hablar, se dio cuenta de que, para alguien totalmente ajeno a su talento, sus palabras podrían sonar... *dementes*.

—Están enfadados por no ser *vistos*. ¡Pero *son vistos*! Usted lo sabe mejor que nadie. Son *vistos* por millones —dijo Monique, con un tono de voz cada vez más exasperado—. ¿Y adónde se fueron los personajes?

—Marie no sabe.

—¿Y cómo los recuperamos?

—Marie tampoco lo sabe.

Monique se levantó y se dirigió al otro lado del escritorio.

—Lo que le dije es que intentaría convencerla a usted de lo que está pasando y que volvería con ella cuando usted me creyera. Y también le dije que bajo ningún concepto debía permitir que la sacaran de nuestro mundo —explicó André—. Le pedí que no se fuera.

—¿Así que convenció al cuadro de Géricault para que no se dejara convencer por esa fuerza misteriosa que está robando las obras de arte?

—*Exactamente* —André asintió, con un dejo de esperanza.

Monique se acercó a Anne, que estaba al lado de André.

—Señorita —comenzó Monique—, ha dicho que usted es periodista, ¿es cierto?

—Lo soy. Para *Le Monde*.

—Ah, para *Le Monde*. Sí, me lo dijo al principio —dijo Monique—. Yo también fui periodista alguna vez, sólo durante unos meses. Fue hace quizá quince o veinte años, cuando tenía su edad. Pero aún recuerdo lo básico. Como la importancia de las pruebas. ¿Está usted de acuerdo en que las pruebas importan?

—Por supuesto —respondió Anne.

—Bien. Permítame entonces preguntar lo siguiente —dijo Monique—: ¿oyó usted en algún momento al cuadro hablar con el señor Bonhomme? ¿Escuchó la otra parte de esta supuesta conversación?

Molesta por la evidente intención de la pregunta, Anne explicó que, por desgracia, no había oído hablar al cuadro de Géricault en Lyon.

—Pero sé lo que vi, y conozco a André lo suficiente como para saber que lo que vi era real.

—¿Lo conoces *lo suficiente*? ¿Desde cuándo?

Anne se dio cuenta de que se había dejado arrinconar. No le quedaban movimientos. Monique había ganado la partida de ajedrez.

—Vive enfrente de mi casa —dijo Anne, tratando de encontrar una salida; pero no podía mentirle a Monique Vera—. Lo he visto desde hace tiempo, pero llevamos dos días en esto. En realidad nos conocimos hace dos días.

—Eso pensaba —dijo Monique, mientras se dirigía hacia la puerta del despacho—. No dudo ni por un segundo de sus buenas intenciones, *monsieur* Bonhomme. Y tengo suficiente experiencia con la gente como para saber que realmente cree todo lo que acaba de decirme. Pero ahora no hay tiempo para estas cosas. Aunque no hemos averiguado por qué desaparecen los cuadros, estoy segura de que *no tiene absolutamente nada que ver* con algún tipo de secuestro paranormal.

André supo entonces que había fracasado.

—Venga, Anne, vámonos —dijo levantándose.

—Y usted, señorita Robert, debería saberlo: los periodistas no caen en ocurrencias como ésta —regañó Monique a Anne.

Anne le devolvió una mirada furiosa, tratando de controlarse para impedir una reacción más agresiva.

Antes de irse, André miró a Monique.

—Y sin embargo, señora directora, le estoy diciendo la verdad. Usted también se dará cuenta.

Monique cerró la puerta. Aún era muy temprano por la mañana, pero el día ya se sentía interminable. Monique miró por la ventana y observó el exterior. El resplandor del sol iluminaba toda la ciudad. Por un instante, el brillo sin igual del día parisino la invitó a creer en la magia.

29

De vuelta en su departamento con Anne, André se paseaba de un lado a otro, molesto por lo que había pasado con Monique Vera. El resentimiento no estaba en su naturaleza, pero las cosas que Monique había dicho se le habían metido debajo de la piel. Estaba dolido. André admiraba a Monique, y su reacción lo había decepcionado. Anne, que estaba en el balcón con el ventanal abierto, lo miró con la ternura que da la comprensión. Podía ver su departamento desde allí, bajo el toldo blanco y azul de André. Monique tenía razón: apenas se conocían. Aun así, Anne parecía entender a aquel hombre con el que llevaba sólo dos días de convivencia. Sin saber explicar cómo o por qué, Anne sentía que comprendía el alma de André. Mientras pensaba, Anne entró de nuevo al departamento. Todo estaba en su sitio, y todo estaba limpio. Sólo el caballete rompía el orden del lugar.

A Anne, el autorretrato de André le parecía una hermosa obra de arte. El lienzo estaba lleno de colores. El cielo que enmarcaba el rostro de André estaba pintado en triángulos de todos los tamaños y coloreado con todos los tonos de azul imaginables. André había añadido un profundo bosque en verdes y amarillos. Era como si el André del lienzo fuera producto de una vida en la naturaleza, un alma gentil a punto de enfrentarse a la civilización. O al menos eso pensaba Anne, porque el semblante de André no estaba completo. Ni mucho menos. La silueta y los colores parecían definidos, y André había empezado a añadir algo de profundidad a los rasgos. Su nariz aguileña estaba ahí, en cierto modo. Los ojos verdes, con sus fuertes cejas, habían comenzado a tomar forma. Pero aún no estaba claro que el André del lienzo fuera realmente André. Le faltaba… algo.

—¿Por qué no has terminado el retrato? —preguntó Anne.

La pregunta sorprendió a André. Había estado quejándose de la terquedad de Monique y, de repente, Anne había decidido hablar sobre su cuadro.

—No lo sé —respondió—. No me importa.

—A mí sí —insistió Anne—. Es precioso y dijiste que llevabas demasiado tiempo trabajando en él. Entonces, ¿por qué no lo has terminado?

André miró su autorretrato. Era una buena pregunta. ¿Por qué no había terminado el cuadro? No era una cuestión de indecisión creativa. Llevaba tanto tiempo mirándolo que sabía exactamente qué tonos y formas quería añadir al rostro y qué hacer para concluir el bosque.

¿Qué era, entonces?

—Quizá simplemente no quiero terminarlo porque cuando lo termine, estará acabado y tendré que llevármelo y sustituirlo por algo nuevo. ¿Tiene sentido?

André miró el lienzo y cogió un pequeño pincel. Sentado frente al caballete, tomó la paleta y mezcló una pizca de rosa, un poco de amarillo y apenas una gota de ocre. Combinó los colores hasta formar un tono rosa cremoso que se asemejaba mucho al tono de su propia piel. André tocó la mezcla con el pincel y empezó a pintar, con los ojos puestos fijamente en el lienzo.

—Acabar un cuadro es difícil —le dijo a Anne, sin apartar los ojos del cuadro—. Siempre tengo la impresión de que el lienzo siente una profunda tristeza cuando lo terminas. A un cuadro le gusta ser retocado y repasado. Y luego quiere ser visto. El arte no tiene razón de ser si nadie puede verlo. Pero verlo de verdad. La obra de arte en sí quiere ser vista.

Para entonces, Anne estaba de pie detrás de André, cuyas manos se movían rápidamente sobre el lienzo. De repente, los rasgos del cuadro empezaron a perfilarse. La nariz tomó forma. A medida que el artista mezclaba más pintura de diferentes tubos: blanco, siena, algo de verde intenso, los ojos de André cobraban vida. El óleo brillaba mientras André cambiaba de pincel y trabajaba y retocaba la tonalidad. El artista empezó a ver al hombre en el lienzo y comenzó a reconocerse a sí mismo. André Bonhomme existía fuera del lienzo y... dentro de él.

Y entonces se dio cuenta.

André dejó caer el pincel y se volvió para mirar a Anne. Ella le devolvió la mirada. Ambos se habían dado cuenta de lo mismo en el mismo momento.

—La respuesta está *dentro de mí* —murmuró André.

Marie, la mujer del cuadro de Géricault, tenía razón. La respuesta al misterio de la gran desaparición era el propio André. Él y Anne se miraron con la complicidad de quien encuentra la respuesta a una gran pregunta.

30

Al día siguiente, Monique Vera llegó muy temprano al Louvre. Siempre había sido su costumbre, incluso cuando todo estaba en paz y no había crisis alguna. Le gustaba estar allí antes de que se fuera el equipo de limpieza, aunque eso significara despertarse en los últimos minutos de la noche y besar a Mathias, su hijo de siete años, que todavía dormía. A veces deseaba ser ella quien lo dejara en la pequeña escuela primaria del barrio cada día, pero su compromiso con su trabajo, y con el futuro del museo, también era muy importante para ella. En cierto modo, sentía que el museo y su colección también estaban bajo su cuidado maternal. Sabía que sonaba raro, pero así es como veía su trabajo: mucho más una tutela que un puesto asalariado. Le habían confiado el cuidado del lugar más extraordinario del planeta.

Mejor llegar temprano.

El drama que había pasado en los últimos días la había llevado al museo incluso antes de lo habitual. Para preocupación de Stephan, su marido músico, Monique había salido de casa casi en plena noche. ¿Y si los cuadros aparecían de madrugada? Tenía que estar allí.

Mientras caminaba hacia la entrada lateral, Monique vio cientos de reproducciones de la *Mona Lisa* esparcidas por la plaza. Desde la desaparición, la gente se había estado congregando frente al museo, como en una vigilia. Llevaban carteles y postales, como si eso pudiera *convencer* de algún modo al cuadro de volver al lugar que le correspondía en el Louvre, para que todo el mundo lo viera. Junto a la puerta, Monique vio el periódico del día. Lo recogió, temiendo que en el titular de hoy se pidiera su dimisión inmediata o que la acusaran de ser una vergüenza para el Louvre, para París y para Francia. Incluso para el mundo, como si ella hubiera sido personalmente responsable de la tragedia.

Entró en el edificio, saludó a Jean-Marc, uno de los vigilantes nocturnos, y abrió el periódico. Algo en la parte inferior de la primera página de *Le Monde* llamó inmediatamente su atención. Tardó un momento en darse cuenta de que el hombre de la foto no era otro que André Bonhomme. «Este hombre habla con los cuadros... incluida la *Mona Lisa*», rezaba el titular. Estaba firmado por «Anne Robert».

Monique corrió a su despacho, furiosa. Se sentó en su escritorio y leyó la historia de Anne.

Tuvo que admitir que era un retrato entrañable de un joven que —al menos para ella— había perdido la cabeza. Anne describía con detalle su viaje a Lyon. Explicaba cómo André se había plantado delante de *La loca* de Géricault y había empezado a *interactuar* con el cuadro. «Por un momento, pareció que el Sr. Bonhomme conversaba con la mujer de la obra maestra, un verdadero intercambio entre amigos», había escrito Anne. A medida que avanzaba por la página, Monique se preguntaba a qué editor se le había ocurrido publicar un artículo sobre una fantasía delirante, nada menos que en medio de una crisis sin precedentes. Decidió llamar a la redacción del periódico. Les diría claramente lo que pensaba de ese disparate, sin importar la hora.

Y entonces, cuando estaba a punto de marcar, llegó al último párrafo de Anne, junto a la foto de André delante del museo. «El Sr. Bonhomme está convencido de que conoce el secreto que resolverá lo que el mundo ha dado en llamar "la gran desaparición"», escribió Anne. «Porque Marie se lo contó. Y a veces la magia es la respuesta, por improbable que sea».

«Qué tontería. Qué irresponsabilidad», murmuró Monique mientras tiraba el periódico a un lado.

En el preciso momento en el que el diario cayó al suelo, el teléfono de Monique sonó con fuerza. Era el Ministerio del Interior, una llamada que temía recibir cada mañana. En los últimos días, el propio ministro había llamado para informarle de la desaparición de nuevos cuadros, y hoy no era una excepción. Museos de Ciudad de México, Los Ángeles y Ámsterdam habían informado de desapariciones. Ruth Emmerink, directora del Rijksmuseum de Ámsterdam, se había desmayado al descubrir que *La lechera* de Vermeer había abandonado su lienzo.

—La jarra de leche que sostenía la Lechera cayó al suelo, rota en pedazos. Es como si el personaje la hubiera soltado al desvanecerse... igual que nuestra Mona Lisa —le dijo el ministro, tratando de ocultar su angustia.

No le sorprendió que su amiga Ruth hubiera perdido el conocimiento. Una mujer noble y estudiosa, Ruth había dedicado toda su vida a aprender sobre la obra de Vermeer y *La lechera* era una de sus obras favoritas. La forma en que el gran artista holandés la había plasmado vertiendo leche en un cuenco había convertido una tarea sencilla y cotidiana en algo casi… mágico.

—¿Y en Francia? —preguntó Monique, temiendo la respuesta—. ¿Algo nuevo que lamentar?

«Sí», confirmó el ministro. Efectivamente, habían desaparecido más cuadros de la noche a la mañana en Francia.

—El peor informe viene de Lyon —dijo—. El Museo de Bellas Artes.

Monique perdió el aliento. Acababa de leer sobre Lyon, en el artículo de Anne sobre André Bonhomme.

—Perdieron *casi* todos sus cuadros. Lo mismo. Los personajes desaparecieron de los marcos.

—¿*Casi todos*? —preguntó Monique—. ¿Cuáles no desaparecieron?

—Sólo uno, señora directora. *La loca* de Géricault sigue ahí —dijo.

Monique miró el periódico en el suelo. Allí, desde las páginas de *Le Monde*, el rostro sonriente y pensativo de André le devolvió la mirada. Había tachado de fantasía la historia de André con el cuadro de Lyon. Pero ahora se daba cuenta de la verdad: André le había dicho al cuadro de Géricault que se quedara en el museo. *Le había dicho que no se fuera*.

Y tal cual, se quedó.

La mujer que el gran maestro Géricault había pintado cientos de años atrás se había quedado en el museo de Lyon.

Monique se despidió con prisa del ministro y llamó de inmediato a Albert Orsay, jefe de seguridad del Louvre.

—¿Sabes dónde vive André Bonhomme? ¡Ven a mi oficina *ahora mismo*!

31

Anne le había pedido a André que se reuniera con ella para tomar un café en La Balance, el pequeño local de desayunos en el primer piso de su edificio. Quería enseñarle la historia del periódico. Quería decirle lo orgullosa que estaba de haberlo conocido y lo mucho que le gustaba su compañía, por muy reciente que fuera su amistad. André apenas había dormido. Había seguido trabajando en su retrato durante toda la noche, perfeccionando los rasgos de su rostro, añadiendo textura al bosque que lo rodeaba, exigiéndole belleza a los colores. Casi al final de la noche, lo había terminado. André estaba satisfecho con el resultado. Quizá era el mejor cuadro que había pintado en su vida. Algo así como su modesta obra cumbre. Si la situación hubiera sido diferente, habría estado encantado. Pero no lo estaba. Sentía una tristeza que ya empezaba a abrumarlo. Anne no tardó en darse cuenta de lo cansado que parecía.

—¿Qué pasó? Te ves agotado —le dijo.

—Pinté toda la noche. Ya terminé el retrato.

—¿Y? ¿Qué te parece? —preguntó Anne, radiante y emocionada—. ¿Es lo que esperabas?

—Sí —respondió André, aún abatido—. Hasta mejor.

—¿Qué pasa, entonces?

Era una buena pregunta. André miró a Anne y pensó en las muchas veces que la había visto de lejos, preguntándose cómo sería este preciso momento, los dos compartiendo una conversación a primera hora de un sábado. El hecho de que estuvieran aquí, sentados en las lindas mesas en la banqueta de La Balance, con dos perfectas tazas de café delante, debería haber bastado para concederle la alegría.

Sin embargo, por alguna razón, no era suficiente.

—Los cuadros siguen desaparecidos —dijo de pronto André.

Anne intentó cambiar de tema. Sacó el periódico del bolso.

—Ya lo sé, pero… aquí está la historia —dijo—. Por favor, léela. A mí me gusta mucho, André. Y a los editores del periódico también les encantó.

André miró la portada de *Le Monde*. Se sorprendió al ver su rostro, con una sonrisa confiada y ligeramente pícara, frente a la puerta de su querido museo de Lyon. No podía creer que su foto estuviera a la vista de todos. Su secreto ya no tenía escapatoria y André se sintió súbitamente incómodo. Siempre había sido tímido y reservado. Esto le daría una notoriedad que no deseaba. De pronto, todos los temores de su adolescencia volvieron. Tuvo miedo de nuevas burlas. Tuvo miedo de volver a la soledad.

En cualquier caso, empezó a leer.

La prosa de Anne era clara y juguetona. Convencía con encanto, como ella. A medida que sus ojos pasaban de una línea a otra, André empezó a sentir una especie de libertad. A lo largo de los años, había mantenido oculto su secreto. Siempre temeroso de las reacciones de la gente, se había prometido a sí mismo que nunca se reirían de él otra vez. Había evitado las preguntas y cualquier otro escrutinio, pero se había perdido el regalo de compartir lo que sabía, todos esos secretos sobre los que los historiadores del arte habían agonizado durante tantos años, todas las cosas que sabía sobre las obras de arte, sus personajes y los maestros que las pintaron tantos años atrás. Se lo había guardado todo para sí. Y quizá tenía la obligación de compartir su magia personal con el resto del mundo.

Al llegar al final de la historia que Anne había escrito sobre él, André sintió un auténtico sentimiento de gratitud.

Dobló el periódico y la miró.

—Gracias —dijo—. ¿No más escondites, entonces, supongo?

—No tiene sentido ocultar algo hermoso —dijo ella, con ternura.

El momento de amistad se vio interrumpido por un estallido de actividad al otro lado de la calle: la llegada repentina de cinco autos de policía, con las sirenas a todo volumen, escoltando a un imponente Mercedes-Benz negro. Todos se detuvieron ante el edificio de André. Éste conocía bien el coche negro: era el auto de seguridad del museo, reservado para ocasiones muy especiales. André y Anne se levantaron de un salto. Ambos vieron a Monique salir del coche y acercarse al edificio de André. Estaba claro que lo buscaba.

—¡Directora! —gritó André desde el otro lado de la calle.

Monique se dio la vuelta y vio a André y Anne. Cruzó al otro lado sin mirar a un lado ni a otro.

—¡Los dos tenían razón! —dijo—. Leí tu historia y recordé lo que me dijiste sobre el cuadro de Géricault el otro día. Y cuando vi lo que pasó en Lyon...

André se quedó desconcertado, temiendo oír malas noticias sobre Marie.

—¿Qué pasó en Lyon? —preguntó alarmado.

—¿No se han enterado? —exclamó Monique.

André y Anne negaron con la cabeza. No, no se habían enterado.

—Todos los cuadros del museo han desaparecido... —dijo.

André dio un paso atrás.

—...todos los cuadros menos uno: el tuyo, Marie —dijo Monique—. Hizo lo que le dijiste que hiciera. No se fue. Todavía está allí.

Anne miró a André y lo abrazó.

—André, tenemos que salvar a los demás —dijo Monique—. ¿Tienes alguna idea de cómo hacerlo?

—Creo que sí —respondió él.

32

Mientras los tres subían al departamento, André explicó su plan. O al menos lo que él *creía* que era un plan. Si Marie tenía razón, él era el único que podía convencer a los cuadros de que volvieran a sus marcos. La cuestión era cómo llegar allí, a ese lugar al que habían ido los personajes de las obras de arte. André tenía que utilizar de algún modo su propio retrato para colarse en el mundo al que todos los demás personajes, en cientos de lienzos de todo el mundo, habían escapado. El problema era que André no sabía cómo abrir la puerta hacia aquel lugar tan peculiar. No sabía cómo llegar hasta Lisa y los demás. Pero la respuesta estaba en aquel autorretrato. O al menos eso esperaba.

André abrió la puerta de su departamento y dejó pasar a Monique y Anne. Las dos mujeres querían ver el cuadro enseguida, pero André les pidió que esperaran.

—Por favor, no juzguen la calidad del trabajo —dijo André—. Lo he terminado hoy muy de madrugada. Apenas ha empezado a secarse.

André se hizo a un lado y dejó que Anne y Monique observaran el cuadro.

Anne suspiró.

Lo que André le había hecho en sólo unas horas a ese lienzo era... increíble.

Monique Vera se quedó de pie delante del cuadro y, durante un par de minutos, no dijo nada. Para André, su silencio resultaba casi doloroso. Al fin y al cabo, era la directora del Louvre. Pocas personas en el mundo sabían más de arte y, en el caso de Monique, concretamente de pintura.

Monique retrocedió unos pasos. Desde esa distancia, podía ver claramente la sofisticación de la interpretación que había hecho André de su propio rostro y el delicado detalle del bosque que lo rodeaba. La complejidad de los ojos, tan cuidadosamente construidos, y la escena que rodeaba al personaje... todo era vibrante. El cielo, pintado en un complejo patrón geométrico, saltaba del lienzo. Había una luz en el cuadro que Monique no había visto en mucho tiempo, al menos no en ningún artista moderno, todos con sus abstracciones y lo que Monique interpretaba como una rara aversión por las maravillas del rostro humano, el tema que Leonardo había pintado, como muy pocos, en la *Mona Lisa*. André parecía querer revindicar el arte del retrato.

—André —dijo—, esto es... extraordinario.

Anne tomó la mano de André.

—Es intensamente hermoso —dijo.

Por un momento, los tres permanecieron en silencio, absortos por el cuadro, observando cada detalle, experimentando una obra de arte.

—Esto pertenece a un museo —dijo Monique—. Y creo que sé exactamente a cuál.

Antes de bajar su cuadro del caballete, André cogió un pincel fino y lo llenó con una gota de blanco brillante. Firmó con su nombre en la esquina inferior derecha.

33

André no había entrado en la sala 711 desde la desaparición de la *Mona Lisa,* y la imagen de los marcos vacíos en las paredes lo dejó sin aliento. No había caído en cuenta de que, al cabo de unos días, todos los personajes de todos los lienzos habían abandonado la sala. Para él, la ausencia era abrumadora.

—Vaya tragedia... qué desolación... —alcanzó a susurrar Monique.

André asintió. El vacío era tan inquietante que Anne se había quedado en la puerta. No se había atrevido a entrar en la sala.

André vio ingresar a dos curadores del museo. Vestidos con batas blancas, se dirigieron hacia un marco que André conocía a la perfección: uno de los cuadros más impresionantes de Tiziano, *Retrato de hombre con la mano en la cintura*. Antes de la desaparición, el hombre —que André conocía como Alberto Moretti, amigo íntimo de Tiziano— estaba de cara al público con mirada desafiante. Pero ahora sólo quedaba el fondo ocre intenso del óleo centenario de Tiziano. El marco parecía tan oscuro que a André le hizo pensar en la entrada de una cueva. Monique pidió a los curadores que desmontaran el marco de Tiziano. Una vez que lo hicieron, Monique le pidió a André que descubriera su propio cuadro, que había tapado cuidadosamente para proteger el lienzo aún húmedo.

—Cuelguen esto ahí, en su lugar —les indicó Monique a los curadores.

Los especialistas del Louvre miraron el cuadro que sostenía André. El lienzo, claramente un autorretrato reciente del hombre que estaba junto a Monique, ni siquiera había sido enmarcado. No tenía nada que ver con el resto de las obras maestras italianas de la sala 711 ni, probablemente, con ningún otro lugar del museo, dedicado a los grandes clásicos de la pintura.

—Pero señora directora, *si me permite*... —empezó a argumentar uno de los curadores.

—No. *No le permito* —respondió Monique, tajante—. Lo único que *le permito* es tomar esta obra de arte y montarla en ese preciso lugar.

Los curadores sabían que no debían desobedecer a la directora del museo. Con sus delicados guantes blancos cogieron el cuadro de André y lo colocaron en los elaborados ganchos que, hasta hacía unos segundos, habían sostenido la obra de Tiziano, el maestro veneciano del siglo XVI. André sintió una punzada de vergüenza: sabía que su cuadro no tenía cabida en las paredes del Louvre. Pero también sabía —o creía saber— que su autorretrato podía ser la clave para devolver el arte al mundo.

—Gracias. Pueden irse —dijo Monique—. Una cosa más. No quiero que hablen de esto. Ni siquiera con sus familias. Sus puestos de trabajo están en riesgo si dicen algo, ¿entendido?

Ambos curadores asintieron y se marcharon, llevándose consigo el legendario marco de Tiziano.

—¿Y ahora qué hacemos? —preguntó Monique a André.

André no tenía una respuesta. Volvió a mirar a Anne, que seguía de pie junto a la puerta. Ella tampoco lo tenía claro. Monique y André echaron un vistazo a la sala. Todos los marcos estaban vacíos… con una excepción. Bajo la experta iluminación del Louvre, el rostro de André brillaba en el lienzo, el único personaje que quedaba dentro de la galería más famosa del mundo.

34

Al final, los tres supieron que sólo les quedaba esperar. Rodeada de siglos de conocimiento, historia y arte, Monique caminó con Anne y André hacia las puertas del museo. En silencio, se preguntó cómo le explicaría algún día todo esto a su hijo Mathias. Cómo le diría que había conocido a un tierno y un poco loco guardia del museo que la había convencido de que podía hablar con los cuadros.

—André... —dijo Monique cuando todos llegaron a la salida.

André se dio la vuelta.

—¿Recuerdas que me dijiste que me daría cuenta de que decías la verdad? Lo dijiste antes de salir de mi oficina. ¿Recuerdas?

André se acordaba.

—Bueno, tenías razón —dijo Monique—. Creo que *tienes razón*. Te creo. *Elijo* creerte. Y lamento haberte descartado antes.

André sonrió.

—No hay nada de qué disculparse, señora directora. Usted me vio. Decidió verme. Eso es lo que todos queremos, ¿no?

—¡Ahora esperemos que André realmente tenga razón! —dijo Anne, añadiendo algo de levedad—. Yo también le creo, pero más vale que *tenga razón*.

André y Monique se abrazaron.

—Gracias... Monique —dijo, con cariño, llamándola por su nombre por primera vez—. Gracias por creer en mí.

35

El atardecer se acercaba cuando Anne y André salieron del museo. Afuera, en lugar de caminar de vuelta hacia la calle Blondel, André le pidió a Anne que diera un paseo con él junto al Sena. A André siempre le había gustado el río, cuyo caudal incesante era testigo de la historia de la ciudad. Aun así, habían pasado años desde la última vez que se había tomado el tiempo para contemplar el correr del Sena. Hacía tiempo que no caminaba en dirección contraria al Louvre, atravesando la ciudad que tanto había llegado a querer. Tardaron un par de minutos en llegar al borde del Puente Nuevo, el más largo y más antiguo de la ciudad. El río estaba inusualmente sereno. La luz malva del final del día brillaba en las ondas y las numerosas luces de París comenzaban a parpadear en la distancia, preparándose para la noche. Una pareja bailaba en la cubierta de una de las barcas de la orilla izquierda. André miró hacia la Île de la Cité, el trozo de tierra donde había nacido París tantos siglos atrás.

—Sabes, Anne, estos días han sido la aventura más inesperada de mi vida —dijo André, mientras Anne le tomó la mano—. Y haber vivido esto contigo…

André le contó a detalle cómo, durante meses, había esperado que ella apareciera cada mañana, mientras él estaba sentado en su balcón, tomando café. Le confesó que ansiaba verla por un instante, aunque lo más probable era que ella no recordara su nombre si se cruzaban por la calle. Y le dijo lo mucho que había deseado mirarla a los ojos y que ella lo mirara de vuelta, aunque sólo fuera un segundo, «*para ser visto*».

—Ahora te veo —dijo Anne.

—Lo sé, y yo a ti —respondió abrazándola suavemente.

—¿Qué crees que pasará con el cuadro? —preguntó ella.

André no tenía una respuesta a la pregunta de Anne. Sólo tenía la certeza de lo desconocido. En ese momento, como cuando uno descubre una verdad que puede ser dolorosa, Anne miró a André y comprendió que, de algún modo, estaba a punto de emprender un viaje que sólo podía hacer él solo. Anne intuyó que, si la magia de las cosas funcionaba como ambos pensaban, André tendría, de alguna manera, la enorme responsabilidad de traer de vuelta al mundo la belleza de miles de obras de arte. En algún lugar de la noche, André tendría que hallar la solución al misterio de la gran desaparición. La responsabilidad de Anne era animarlo a ir en busca de lo desconocido, aunque eso implicara ponerlo en riesgo... o perderlo.

—Confío en ti —dijo de pronto Anne, con la autoridad que da el amor—. Confío en que vas a traerlos de vuelta. Creo que te has preparado para esto toda tu vida, aunque no lo sabías. Por eso confío en que irás a donde tengas que ir para traernos de vuelta lo que se ha ido.

André no supo qué responder. Anne lo había acompañado hasta aquí y ahora, de algún modo, lo estaba impulsando a irse, a separarse, a buscar algo en la bruma del misterio. André entendió que tenía que desprenderse.

—Me quedaré un poco más aquí —le dijo André, señalando con la mirada las riberas del Sena.

Para Anne, aquellas palabras llevaban el timbre de una despedida. Por un momento sintió el impulso de pedirle a André que se olvidara de todo. Quiso pedirle que se quedara con ella, que dejara que la Mona Lisa y el resto de los personajes decidieran ellos mismos su destino. Estuvo cerca de decirle que lo único importante eran ellos dos, y nada más. Pero no lo hizo.

—No tardes demasiado, ¿sí? —le dijo, con la voz ligeramente entrecortada.

André asintió.

—¿Nos vemos temprano en La Balance? —dijo André, añorando una normalidad que quizá no llegaría.

—A la misma hora —le respondió Anne, entendiendo el momento.

Y así, con el corazón en la garganta, Anne caminó de vuelta en dirección al museo y se marchó. Le costó el alma no voltear a ver a André una vez más.

André la siguió a cada paso hasta que se convirtió en una silueta bajo las luces ámbar de la ciudad y desapareció al doblar la esquina del Louvre. André se sintió más solitario que nunca. En su mente aparecieron los fantasmas de una infancia en soledad. De pronto pensó en su madre, en el dolor sorpresivo y punzante de su partida súbita. Recordó la tristeza de su padre. André sintió que aquellas congojas volvían a abrumarlo. Pero algo dentro de él había cambiado ya. Ahora tenía sólo una encomienda, y debía cumplirla.

André decidió avanzar hacia el otro lado. Cruzó la calle y siguió la orilla del Puente Nuevo hasta cruzarlo. Hacía tiempo que no veía caer la noche sobre el Louvre. Cuando llegó a la Île de la Cité, decidió bajar a la plaza Vert Galant, el pequeño parque triangular en el borde de la isla. Descendió las escaleras junto a la escultura ecuestre de Enrique IV y comenzó a caminar hacia la plaza. Siempre le había encantado este pequeño rincón de París, desde donde era posible admirar las construcciones a ambos lados del río majestuoso. Edificios centenarios, cúpulas resplandecientes... el París de leyenda.

De pie frente al río, André levantó la vista y contempló el museo. La imagen lo llenó de emoción. Era precioso. El mundo a su alrededor estaba en silencio, como si la ciudad estuviera repentinamente desierta. Fue entonces cuando entendió a cabalidad la extraña situación en la que se había metido. En las últimas horas, había convencido a la directora del Louvre de que él, un guardia del museo, tenía la mágica capacidad de comunicarse con el mundo del arte. Y, ahora, un autorretrato suyo colgaba ahí, del otro lado del Sena, en la sala más famosa del recinto, mientras todos ellos —André, Anne y Monique— esperaban un milagro, una repentina ráfaga de encanto que lo arreglara todo. Pero André no tenía la menor idea de si el plan era sensato. Por supuesto era muy posible, pensó mientras miraba el Sena, que todo aquello no tuviera ningún sentido. Era posible que su cuadro no abriera ninguna puerta. Quizá todo era una tragedia inexplicable, una desgracia sin solución.

André caminó hasta la punta de la isla. En sus primeros días en París se había acostumbrado a visitar el sauce llorón que descansa ahí, con sus ramas frondosas, alimentado por la humedad de la brisa del río. Era un árbol hermoso, de un color verde muy singular. André vio caer el sol lentamente, los últimos destellos colándose entre las hojas del árbol más venerable del parque, famoso por ser, entre otras cosas, un rincón favorito para los enamorados.

De pronto, justo cuando el sol terminó de ocultarse, André escuchó un sonido inconfundible. Era un ladrido firme y muy agudo. Miró hacia la plaza. Ahí, justo en medio del prado, estaba un cachorro. Aunque el sol había desaparecido, había todavía suficiente luz para verlo con claridad. Era un pequeño perro color marrón, sentado con las orejas alerta, mirando a André fijamente. El cachorro volvió a ladrar. André miró a su alrededor, buscando al dueño del animalito. Pero no encontró a nadie. No había nadie más en el parque. El perro estaba solo, queriendo llamar su atención. A lo lejos, André empezó a notar un parecido que lo estremeció. El cachorro se parecía mucho a aquel que visitaba en Lyon durante su adolescencia, en los meses que siguieron a la muerte de su madre. El perro de la ventana, el que André había querido salvar, el amigo que había querido tener. ¿Podía acaso ser... el mismo? André comenzó a caminar hacia el perro y el cachorro reaccionó de inmediato. Juguetón, se puso en cuatro patas y comenzó a retroceder, ladrando con más fuerza, llamando a André. Éste siguió caminando hacia el animal, llamándolo. «Ven, ven», le dijo en voz baja, tratando de atraerlo. Pero el perro no le hacía caso. Al contrario: de pronto, el cachorro echó a correr hacia el otro extremo de la plaza. Sin pensarlo dos veces, André también aceleró, tratando de alcanzar al cachorro. «¡Espera!», le gritaba, alarmado ante la posibilidad de que el perro se perdiera, cayera al río o, peor todavía, resultara arrollado en la calle.

Para entonces, la noche había comenzado a caer y André apenas podía ver al pequeño cachorro. A pesar de ser tan pequeño, el perro era veloz y por momentos parecía desaparecer en la oscuridad. A lo lejos, André lo vio bajar a toda velocidad por las escaleras hacia la ribera del Sena. Trató de seguirlo: no podía dejar que se hiciera daño. Tenía que salvarlo. André descendió por las escaleras y miró hacia ambos lados. El perro se había refugiado debajo de uno de los enormes arcos del Puente Nuevo, justo delante de lo que parecía una puerta entreabierta. André se acercó despacio, tratando de calmar al animal. Si el perro se asustaba y corría hacia el río, André no podría hacer nada. Cuando estaba cerca, el cachorro volvió a ladrarle y, súbitamente, corrió hacia adentro de la puerta bajo el puente. Quizá por el instinto o por el poder de la añoranza, André no lo pensó ni un instante y corrió tras él.

36

André abrió los ojos y sólo vio oscuridad. Estaba de rodillas. ¿Se había caído? Se puso de pie. Sus ojos tardaron un poco en adaptarse al entorno. Se encontró dentro de un túnel. Había un olor penetrante a musgo, casi embriagador. André no sabía a ciencia cierta dónde estaba. Al levantar la vista, ya no encontró la puerta por la que había entrado persiguiendo al cachorro. Aún se tambaleaba, pero no sintió dolor al levantarse. El aire a su alrededor se sentía húmedo, como cuando había visitado las catacumbas, aquellas interminables cuevas bajo la ciudad. ¿Estaba ahora en las catacumbas? Era improbable, pero no imposible: después de todo, el París subterráneo era un lugar misterioso. Intentó palpar las paredes, pero no encontró ninguna. Si se trataba de un túnel, tenía que ser muy amplio. André silbó un par de veces, llamando al pequeño perro, que no estaba por ningún lado. Por varios segundos, todo permaneció en silencio. Y entonces, con un eco largo, André escuchó un nuevo ladrido, agudo y firme. El perro estaba ahí dentro, en algún lugar. André empezó a caminar. Lo hizo con cuidado, sabiendo muy bien que en un sitio así podía ocurrir cualquier cosa.

Tras dar unos pasos con tiento, André sintió lo que era claramente un escalón hacia abajo. Si quería encontrar al cachorro, no había otro camino más que descender. Bajó y encontró otro peldaño. Era una rampa estrecha y oscura, tallada en el interior de lo que parecía una cueva. A medida que avanzaba, el aire se volvía aún más denso. Por un segundo, André sintió una oleada de temor. De niño había sufrido claustrofobia y seguían sin gustarle los espacios pequeños y estrechos. Cuando la ansiedad se convirtió en pánico, André empezó a jadear. Sentía su corazón latir ferozmente, como rogándole que huyera de la oscuridad, que corriera hacia cualquier lado, escapando de ese sitio extraño. Entonces, justo cuando pensó que estaba a punto de desmayarse, recordó el sueño que había tenido un par de noches atrás. Los escalones de bajada eran similares, al igual que la intensa humedad y la oscuridad tenebrosa y premonitoria. ¿Era éste el camino para llegar a Lisa? André buscó en su interior hasta encontrar esa última reserva de valentía que existe en todo ser humano: la voluntad de vivir, la voluntad de seguir adelante.

André comenzó a descender.

37

A cada paso que daba, aumentaba la humedad. Cada cierto tiempo, volvía a silbar para tratar de localizar al perro. Pero el animal ya no le respondía. André pensó que quizá el perro había encontrado una salida, dejándolo atrapado ahí, en el subsuelo de París. La angustia amenazaba con sobrepasarlo. De pronto, el aire adquirió un aroma tropical. André se imaginaba una jungla, lo cual no tenía sentido. «¿Cómo podía haber un lugar así debajo de París?», se preguntó. Empezó a tener sudores fríos, mientras el miedo y la ansiedad volvían a apoderarse de él. Tal vez se encontraba debajo del Sena, lo que explicaría la abrumadora humedad en el aire. Si era así, el Louvre no podía estar lejos. André sintió cierto alivio. Tal vez podía llegar a una de las entradas subterráneas del museo o a una puerta en otro puente como aquella por la que había ingresado a este lugar extraño. Esperanzado, siguió descendiendo.

Después de lo que pareció una eternidad, los escalones terminaron y comenzó lo que parecía un pasillo recto. Estaba completamente oscuro. Cuando sus ojos se acostumbraron a la severa oscuridad, André distinguió un tenue destello de luz a lo lejos. Caminó hacia la luz y sintió que se le aceleraba el pulso. Al acercarse, notó claramente el contorno de una puerta. Pensando que tal vez había llegado al museo, empujó con fuerza la gruesa y vieja puerta de madera hasta que se abrió de golpe.

Lo que André encontró al otro lado no era el Louvre, ni mucho menos. Salió de la humedad y entró en un ambiente cálido y familiar. Le recordó los veranos junto al río en Lyon, cuando jugaba durante horas construyendo castillos de barro bajo la atenta mirada de sus padres. El aire olía ahora a pinos y cipreses, y podía ver un estrecho camino de tierra frente a él. André pudo percibir, a lo lejos, lo que le pareció un espectáculo de lo más inverosímil para un lugar subterráneo, nada menos que en París: vegetación exuberante.

Al avanzar, se encontró en un lugar imposible. Lo rodeaban todos los colores imaginables. Estaba, de la manera más improbable, en un magnífico bosque. Los árboles a su alrededor eran inmensos, sus troncos anchos como obeliscos y altos como agujas de catedral. Las ramas eran brazos gigantescos; un árbol tocaba al siguiente, como en comunión. Bajo sus pies crujían las agujas de los pinos. Cuando llegó a un claro del denso bosque, se dio cuenta, asombrado, de que el cielo no era el azul claro que tanto le había gustado de niño, sino algo muy diferente. El cielo estaba formado por formas geométricas que él conocía muy bien. Conocía este cielo porque él lo había creado. Los triángulos y hexágonos que componían el cielo, bañando todo a su alrededor con una luz cristalina, eran exactamente como él los había pintado en el lienzo que colgaba en el Louvre. Los rayos de luz se abrían paso entre las ramas y caían al suelo en distintos tonos de azul. El viento ululaba suavemente, encontrando su propio camino entre los árboles. Estaba dentro de su propia obra. Mientras caminaba conmovido por el interior de su autorretrato, André no sabía hacia dónde se dirigía, pero algo lo impulsaba hacia delante.

A medida que se adentraba en el bosque, la luz empezó a atenuarse y la oscuridad regresó de nuevo. Era como si el mundo de su cuadro, el pequeño universo que había creado en aquel lienzo durante muchos años, hubiera llegado a su fin. André siguió caminando y pronto se encontró otra vez dentro de una especie de cueva. Entrecerró los ojos, tratando de encontrar una salida. De repente, volvió a ver el camino de tierra que lo había llevado a su bosque. Tras unos pasos, una luz brillante apareció a lo lejos. André se dirigió hacia ella, reconociéndola como el único camino a seguir. Mientras avanzaba, el aire volvió a humedecerse.

André caminó hasta encontrar otra puerta.

Una vez más, la abrió.

38

André emergió en la arena de un mar azul transparente. El inconfundible olor del océano llenaba el aire. Nunca había visto nada igual. Había leído sobre las maravillas del Caribe y las aguas que rodean Grecia, pero esto era una belleza que iba más allá de todo lo que había imaginado. Al fondo, colinas cubiertas de hierba descendían directamente hasta el agua, fundiendo a la perfección la tierra y el mar en las ondas de las olas. El cielo era de un turquesa acerado, sin nubes a la vista, y el viento soplaba con un ritmo constante, casi musical. La escena le resultaba inverosímil y familiar a la vez. Mientras André caminaba junto al agua, con sus tonos azules y esmeraldas, sumergió los pies en el mar. Era cálido, como un agradable baño nocturno. Entonces se fijó en algo que flotaba en el agua. Cientos de flores de color rosa navegaban suavemente hacia la orilla. André cogió una: todavía tenía el fresco aroma de una flor recién arrancada.

Abrumado por la belleza del momento, André cerró los ojos e inhaló el aire primaveral. Decenas de aromas agradables le llenaron el olfato al mismo tiempo: flores, mar, vida en ciernes. Cuando volvió a abrirlos vio un gran objeto blanco tendido en la playa de fina arena. Intrigado, caminó hacia él. Era una concha de vieira gigante, inmaculada en su blancura. Un escalofrío recorrió su espalda al darse cuenta de que no había estado caminando por una costa cualquiera. Estaba en Chipre, o al menos en la versión de Chipre de Sandro Botticelli. La concha sobre el agua pertenecía a Venus. André había salido de su propio cuadro y se había encontrado con una de las obras de arte más emblemáticas del mundo: la representación de Botticelli del nacimiento de la bella diosa griega. Lamentablemente, ni Venus ni sus hermosas acompañantes estaban por ninguna parte. La diosa del largo pelo rubio y la dulce mirada había desaparecido de la escena y del lienzo, junto con los demás personajes del cuadro.

André siguió caminando junto al agua, y la oscuridad lo alcanzó de nuevo. El patrón se repitió. André se encontró mirando el mismo camino dentro de una cueva. Pronto, vio parpadear otra luz. Mientras se dirigía hacia otra puerta, no pudo evitar preguntarse hasta dónde lo llevaría la aventura.

39

Cuando André abrió la tercera puerta con la que se había topado en su viaje, no se encontró de nuevo al aire libre. Esta vez se halló en el interior de un pasillo imponente y vacío. Había un silencio espeluznante, como si el lugar estuviera —como casi todos los de este mundo peculiar— vacío por completo. Mientras caminaba, los suelos de madera fastidiosamente encerados crujían. A André le asombró el tamaño de los pasillos, lo majestuoso del sitio aquél. Intentó orientarse en su nuevo entorno, pero no reconocía el lugar en ninguno de los cuadros famosos que conocía. Intrigado por el misterio, empezó a recorrer el pasillo. Todas las puertas estaban cerradas, excepto una que había quedado ligeramente entreabierta. Era un muy pesado portón de madera bellamente labrada, decorada con un patrón de cuadrados y rectángulos.

André empujó la puerta y bajó un puñado de escalones hasta entrar en una gran sala, aún más imponente, con enormes cuadros en todas las paredes. Una ventana al fondo estaba abierta y la luz caía sobre un gran lienzo rectangular erguido en el suelo. Era una imagen a medio terminar de un grupo de niñas elegantemente vestidas, un perro y, curiosamente, el propio pintor. El artista sostenía una paleta y tenía la cabeza ligeramente inclinada hacia la izquierda, como mirando algo al otro lado. Todas estas personas, se dio cuenta André, probablemente habían estado en la habitación apenas unos minutos antes. André aún podía oler el perfume de las jóvenes y el penetrante aroma del óleo antiguo. En el suelo, junto al cuadro, André vio la paleta y los pinceles del artista. Reconoció toques de ocre, blanco, rojo y negro. El puñado de pinceles largos y gastados hablaba de un pintor dedicado.

Cuando los recogió, André sintió una profunda emoción. Tenía en sus manos las herramientas de uno de los más grandes artistas de los últimos quinientos años, probablemente el maestro más notable e innovador de la historia española: Diego Velázquez. André sacudió la cabeza con asombro. Estaba en el famoso Alcázar español de la corte del rey Felipe IV, dentro de la sala donde Velázquez pintó sus *Meninas*, una maravilla de obra que ahora tenía delante, un cuadro que había obsesionado a legiones de historiadores del arte a lo largo de los siglos. Igual que había estado dentro de su propio retrato y del paisaje marino de Botticelli, ahora estaba dentro de *Las Meninas*, quizá la obra de arte más importante del hermoso Museo del Prado de Madrid.

A pesar de lo fascinado que estaba por estar dentro de la habitación donde Velázquez había pintado una obra tan cautivadora, André sabía que tenía que seguir adelante. Tenía que encontrar a los personajes y convencerlos de que volvieran a sus lienzos. Tenía que terminar su misión. Regresó al pasillo y siguió caminando, esperando que volviera a oscurecer.

40

Durante años, André Bonhomme había pensado en el paisaje que Leonardo da Vinci había pintado detrás de la Mona Lisa. Había leído la obra de expertos que sugerían que el misterioso lugar —sus valles, formaciones rocosas y el puente delicadamente compuesto justo encima del hombro izquierdo de Lisa— era producto de la imaginación inigualable de Leonardo. Otros pensaban que el paisaje era un lugar real, escondido en una hermosa región en el norte de Italia conocida como Lombardía. Otros más sugerían que Leonardo se había inspirado en un paisaje del centro italiano, en la famosa zona de la Toscana, no muy lejos de Florencia, donde había vivido Lisa Gherardini. André siempre había querido viajar a Italia y seguir los pasos de Leonardo, para encontrar el paisaje que Da Vinci acabó inmortalizando en su obra maestra.

Ahora, de repente, André estaba *allí*.

Después de visitar la habitación de Velázquez para *Las Meninas*, André entró en un túnel que conducía a una cueva en la ladera de una colina. Cuando salió de la cueva y sus ojos se adaptaron a la repentina luz del sol, tuvo que recuperar el aliento. Se encontraba en lo alto de un valle que se extendía hasta el horizonte. Un río corría hacia una cuenca rodeada de picos imponentes. Grandes formaciones rocosas surgían del suelo. A lo lejos, André veía claramente el puente más célebre de la historia del arte, con sus cuatro arcos sobre el río. El cielo era del azul pálido de primera hora de la mañana, el color que Leonardo había previsto en la primera versión de su cuadro más famoso, muy distinto del tono sepia que la *Mona Lisa* había adquirido con el tiempo. André se tomó un minuto para respirar el aire de Italia. El lugar olía a olivos y lavanda. No se parecía a nada que hubiera conocido antes. La emoción estuvo a punto de desbordarlo. No entendía la magia que lo había llevado hasta ese sitio, pero agradeció su existencia.

En algún lugar, muy lejos, André podía oír un coro de voces. Tenía la cadencia contagiosa de una multitud animada. André empezó a bajar la colina. Cuanto más se acercaba al río, más claras se hacían las voces.

Tardó un rato en llegar al puente. Cuando estuvo cerca del río, se detuvo e intentó ver qué había al otro lado. Las voces tenían que venir de alguna parte. Y entonces, a través de los árboles del otro lado, André vio un gran grupo de gente. Envalentonado, decidió caminar a la otra orilla del puente. Mientras cruzaba, André sintió un cambio en el aire. Todo se sentía más ligero, como si estuviera dejando atrás el mundo real para adentrarse, de manera definitiva, en el hogar del arte. A cada paso que daba, su corazón latía un poco más rápido. André no tenía idea de lo que encontraría ni de lo que ocurriría cuando se diera a conocer a los que estaban reunidos más allá. Tampoco sabía quién había convencido a los personajes para que abandonaran sus lienzos y —aparentemente— se reunieran aquí, en este legendario lugar del antiguo corazón de Italia. Y, por supuesto, no tenía ni la más remota idea de qué podía decirles a Lisa y a los demás para convencerlos de que regresaran y dejaran de escuchar a esa voz despiadada que, por alguna razón, los había llevado hasta allí, como un perverso flautista de Hamelín del mundo del arte.

No sabía qué les diría.

Su corazón latía rápidamente, como nunca.

41

Del otro lado del puente, la escena se hizo más clara.

Para un hombre como André, cuya vida había girado en torno al arte y sus encantos, aquello era difícil de creer. Podía ver a cientos, quizá a miles de personas reunidas en un gran prado. Algunos estaban sentados, conversando. Otros paseaban, riendo, como viejos amigos. Niños de diferentes edades y vestidos con diferentes estilos jugaban con una pelota improvisada, incluidas la infanta Margarita de *Las Meninas* y sus damas de compañía, que corrían felices, sin ninguna preocupación en el mundo. André oía palabras en italiano, francés, inglés, alemán, neerlandés... en todos los idiomas imaginables. Lo sabía porque había oído esos mismos idiomas en el Louvre, donde se reunía gente de todo el mundo. Las ropas de la gente eran coloridas y se movían con gracia al viento, igual que lo hacían en sus diversos lienzos. Podría haber sido una reunión cotidiana de un gran grupo de personas afines, si no fuera por un hecho obvio y maravilloso: cada una de esas personas era un personaje claramente reconocible de algunos de los cuadros más famosos que el mundo había conocido. André podía identificar a la mayoría de ellos, como quien nombra a los héroes y modelos de su juventud. A pocos metros de algunos de los personajes más ilustres de Vermeer, vio a todo el grupo de *Las bodas de Caná*, sentado alrededor de Jesucristo en la ladera de una colina. ¿Jesucristo? No podía creer lo que veían sus ojos. ¿Estaba soñando? Sólo había una manera de averiguarlo.

Cuando André empezó a caminar hacia el grupo, oyó una voz familiar.

—¡André!

Se dio la vuelta.

Allí, de pie frente a él, en todo su esplendor, sonriendo con gracia, estaba Lisa Gherardini. Lisa corrió hacia él y lo abrazó. André le devolvió el abrazo, con fuerza. Al final del abrazo, se miraron a los ojos. Lisa también olía a olivo y lavanda. Y un toque de miel.

42

André estaba de pie en el borde del puente de la *Mona Lisa,* junto a la propia Lisa. No podía dejar de mirarla. Parecía tan joven. Los largos mechones sueltos de su cabello, que caían suavemente sobre sus hombros en el cuadro de Leonardo, ondeaban alegremente con la brisa y flotaban casi hasta la cintura. Su nariz era ligeramente más grande, lo que daba a sus profundos ojos un marco hipnótico. Era mucho más bella en persona que en el lienzo.

—¿Qué estás mirando? —le preguntó Lisa, juguetona.

André sonrió. Ambos sabían muy bien lo que estaba mirando.

—¿Cómo estás? —preguntó André.

—Estoy bien. Estoy contenta. Éste es mi hogar —le respondió ella.

—¿Pero lo es? —André realmente quería saber—. Todo el mundo te extraña. *Todo el mundo.*

—Ésta es mi casa. Tú mejor que nadie lo sabe.

André no podía negar que Lisa tenía razón. En cierto modo, Lisa *estaba* realmente en casa. La Italia de su vida era su hogar.

—Necesito preguntarte: ¿por qué decidiste irte? ¿Por qué todos decidieron irse? ¿Quién los convenció de dejarnos?

—Porque todos existimos para que nos vean. Y la gente dejó de vernos —le dijo Lisa—. Aquí nos vemos los unos a los otros. Sin distracciones.

—Allá también te ven. Yo te veo.

—Tú me ves, sí. ¿Pero *ellos*? Sabes que no. La gente no está ahí para *vernos*. Ya no. Están allí para *verse a sí mismos con nosotros* —argumentó Lisa, enfatizando sus palabras para dejar claro su punto de vista.

André recordó cómo había tenido que pedir a aquel último grupo escolar que guardara sus molestas pantallas, igual que había hecho con las personas que visitaban la sala 711 casi cada minuto de cada día desde hacía unos años. Fue en ese momento cuando André comprendió qué había hecho que Lisa le diera la espalda al mundo de los vivos. *¿Por qué iba a quedarse a mirar a todo el mundo cuando nadie la miraba a ella de verdad?* Lisa tenía razón, por supuesto. En efecto, la gente había dejado de mirar el arte.

—El maestro tiene razón, André. Si la gente decide ignorar la belleza, entonces la belleza debe ignorar a la gente.

André se estremeció. *El maestro*. Según los expertos en la época, los mecenas, benefactores y quienes tuvieron el privilegio de sentarse a las órdenes de Leonardo da Vinci, se referían a él con ese nombre.

—¿«El maestro» significa...?

—Da Vinci. Leonardo. Tiene razón, André —dijo ella, como si estuviera describiendo la opinión de cualquiera.

—¿Está aquí? —preguntó André con la voz ligeramente temblorosa.

—*Todos* están aquí —le respondió ella.

Orgullosa, Lisa señaló hacia el centro del prado. Allí, sentado a la cabecera de una larga mesa de madera, rodeado de algunos de los pintores más extraordinarios de la historia de la humanidad, estaba Da Vinci.

—¿Quieres conocerlo? —preguntó—. Él quiere conocerte. Le he hablado de ti, André.

André asintió. ¡Por supuesto que quería conocer a Leonardo!

43

Leonardo da Vinci, quizá el artista más dotado que el mundo haya conocido, reía. Y no sólo reía. Reía a todo pulmón. A su lado estaba sentado Veronese, el gran maestro veneciano, nacido unos años después que Leonardo. A su izquierda, André reconoció el rostro juvenil de Rafael Sanzio, el mayor discípulo de Leonardo y el único hombre que, en la humilde opinión de André, se había acercado al talento del maestro.

Rafael estaba contando una historia que hacía que Leonardo se desternillara de risa. Aunque André no hablaba italiano, de alguna manera logró entender cada palabra. Parecía que en el mundo del arte todos los lenguajes eran uno solo. Rafael estaba rememorando un incidente de la época en que tanto el maestro como su discípulo habían vivido en la Florencia de principios del siglo XVI, la capital artística del mundo casi medio milenio atrás. En el otro extremo de la mesa, discutiendo algo que parecía mucho más serio, estaban Rembrandt, Velázquez y Caravaggio, tres maestros inconfundibles de su oficio. Para André, el grupo era nada menos que una representación de lo divino. Aquellos hombres eran la manifestación de Dios. Y eran, de una forma muy profunda, sus amigos. Siempre habían sido sus amigos.

Lisa se acercó a la mesa con André. Su seguridad no dejaba de sorprenderle. La forma en que se movía, como si flotara en el aire. Era como si Lisa supiera que el suyo era el rostro femenino más admirado de la historia. Su belleza no tenía límites y los hombres de la mesa se fijaron en ella de inmediato.

—¡Querida! Hola —dijo Rafael.

—Maestro Sanzio —Lisa lo saludó cortésmente.

—¿Es él? —preguntó Leonardo—. ¿Es éste nuestro amigo?

Lisa empujó suavemente a André hacia la mesa.

—Sí, maestro Leonardo —dijo ella—. Éste es mi amigo André, del museo. Un amigo muy querido.

Veronese, que antes no había prestado atención, oyó el nombre de André y se volvió. También lo reconoció. Veronese se levantó, rodeó la mesa y abrazó a André.

—¡Oh! ¡Mi joven amigo, el guardia! ¡Qué alegría verte! —dijo—. ¡Ven a sentarte con nosotros!

André agradeció tímidamente y se sentó entre Veronese y Leonardo. Se tomó un momento para asimilarlo todo. Rafael Sanzio estaba sentado frente a él, hablando con Lisa. Era encantador, elocuente y apuesto. André comprendió por qué se decía que Rafael era hipnótico. Luego miró a Leonardo. André supuso que el gran maestro tendría unos cincuenta años, joven para un hombre del siglo XXI, pero considerado experimentado y curtido cuatro siglos atrás. La larga barba y las pobladas cejas de Leonardo le daban el aspecto de un sabio. Su legendario cabello pelirrojo era ahora canoso, y vestía una peculiar túnica marrón, casi como la de un sacerdote. Tenía los ojos azules. André notó que el ojo izquierdo de Leonardo enfocaba hacia afuera un poco, una condición que muchos expertos pensaban que Leonardo tenía, pero que nadie había podido probar. Ahora André podía dar fe de que Leonardo sufría, efectivamente, de un ligero estrabismo.

—¿Te llamas André, entonces? —preguntó Leonardo.

—Sí, señor. André Bonhomme.

—Lisa me ha dicho que has estado hablando con ella —dijo Leonardo.

—También habló conmigo, maestro —interrumpió Veronese.

—Y con muchos otros a lo largo de los años, señor —dijo André—. Veo a muchos de ellos aquí. Veo que Beatrice d'Este está aquí.

—Sí, allá está —Leonardo señaló a Beatrice en la distancia—. Mujer de cabeza dura, ésa.

Todos se rieron.

—¿Y por qué estás aquí, André? Supongo que no eres un personaje de un cuadro. ¿Eres un artista, entonces? —preguntó Leonardo.

André tardó un momento en reflexionar sobre la pregunta. Podía explicarle a Leonardo que él también era un personaje en un cuadro en un museo, gracias a que Monique había decidido colgar su retrato en el Louvre. Pero Leonardo le había preguntado si era artista. La pregunta le llenó el corazón. Quiso responder que sí, que era pintor y aspirante a artista. Quería decir que siempre había querido sentarse en aquella mesa. Pero no lo hizo.

—Estoy aquí porque el mundo del que vengo, el mundo futuro para ustedes, necesita el arte que todos ustedes nos han dado —dijo André.

—*¡Tonterías!* —protestó Leonardo inmediatamente—. No necesitan nada de eso. Lisa me ha dicho que sólo *se necesitan a ustedes mismos*. El arte está hecho para ser visto, no para ser eclipsado por la vanidad. Si fueras artista, lo sabrías.

A estas alturas, todos los demás grandes artistas de la mesa estaban prestando atención a la conversación. Y todos asintieron enérgicamente, dándole la razón a Leonardo.

—Muchacho, el arte exige atención —dijo Caravaggio con voz ronca y esa mirada amenazante que lo había hecho famoso en Roma y Nápoles siglos atrás.

—Está pensada para ser contemplada con cuidado, con cariño… *venerada* —dijo Velázquez, elegante.

—El cuadro te mira para que tú le devuelvas la mirada. Los ojos en el lienzo con los ojos de quien lo observa. Cualquier otra cosa es una vulgar mentira —añadió Rembrandt, lleno de pasión.

Aunque estaba de acuerdo, André se atrevió a desafiar a los grandes maestros.

—Sí, lo entiendo. Lo experimenté durante años. La gente ignorando el trabajo de todos ustedes, su arte. Pasando de largo. Tomando una imagen del cuadro sin contemplarlo como se debe. Sin respeto. Sin corazón. Lo entiendo.

—¡Robarle el alma a la pintura, eso es lo que están haciendo con esas máquinas de las que nos habla Lisa! —añadió Rafael.

—Se siente así, sí —coincidió André—. Pero castigar al mundo por su vanidad no es la solución. Maestro Leonardo, debe hacer que el arte vuelva al lugar que le corresponde. No pierda la esperanza. La gente tiene que aprender a verse. Y lo harán. Aprenderán.

Leonardo se acarició la larga barba lentamente, cavilando.

—La decisión no es mía —dijo—. La decisión es de Lisa. Ella fue la primera que decidió marcharse y volver aquí, a su hogar y a nosotros. Ella nos trajo todos los cuadros a nosotros, sus creadores.

André miró a su alrededor. Lisa estaba de nuevo en el puente, contemplando el paisaje. André lo entendió de súbito. Había sido *ella* quien había convencido a los demás. *Ella* era la responsable de la gran desaparición. Lisa era la respuesta que André, Monique y Anne habían estado buscando.

—¿Y qué hay de todos ustedes? —preguntó André, dirigiéndose a los artistas de la mesa.

—Ya estábamos aquí —dijo Rafael—. Aquí es donde hemos estado siempre. Éste es nuestro hogar. Nuestro pequeño trozo de paraíso, mi amigo.

—Nuestra propia fiesta de Caná, André —añadió Veronese, con un guiño.

44

André se levantó de la mesa. Se excusó cortésmente y se dirigió hacia el puente. Ahora sabía que tenía que convencer a Lisa de que volviera con él. Si lo hacía, tal vez los demás lo seguirían. Si decidía quedarse, el mundo no podría volver a ver miles de cuadros preciosos en todo su esplendor.

Al acercarse, Lisa lo recibió con una cálida sonrisa, distinta a todo lo que había visto de ella en el lienzo. A André se le partió el corazón al darse cuenta de que Lisa era realmente más feliz aquí que en cualquier otro sitio.

—El maestro Leonardo dice que fuiste tú quien trajo a todos aquí, Lisa —dijo André—. No fue él ni los otros. Fuiste tú.

Lisa miró a André.

—Y es cierto. Lo hice. Perdí la paciencia. Ya era suficiente.

Sus palabras ahora sonaban frías y distantes.

—Pero te has llevado algo que *no te pertenece*. Te has llevado la belleza del mundo —argumentó André—. Te has llevado tu belleza y toda esta belleza.

André le contó a Lisa las escenas nocturnas en las afueras del Louvre. Le habló de los miles de personas que se habían reunido para llorar su desaparición como si se tratara de la muerte de un ser querido. Compartió con ella las noticias de lo que había ocurrido en otras grandes ciudades del mundo, donde los marcos vacíos habían dejado a la gente desesperanzada, desamparada, en la oscuridad.

—Ves, Lisa —le dijo André—, sin ti, sin todos ustedes, todos somos un poco menos humanos.

—Que así sea, entonces —respondió ella, fríamente—. No volveré a ser ignorada. Todo tiene un límite.

A André le sorprendió la dureza de Lisa.

—Estoy seguro de que eso se acabará. Estoy seguro de que han aprendido la lección. No pierdas la fe en nosotros, en ellos. Puede que no te merezcan, pero te *necesitan.*

Lisa miró hacia el río, ignorando la conversación.

—Sabes, yo solía bañarme en un río como éste cuando era adolescente —dijo ella—. En una pequeña cala. Antes de Florencia, antes de Leonardo. Antes de todo lo demás. Hace ya tanto tiempo. Hace tanto tiempo...

Lisa cogió la mano de André y la besó suavemente.

Empezó a caer el sol.

45

Al comienzo de la noche, André tuvo que decidir.

No sabía cuánto tiempo llevaba en este mundo mágico de artistas y sus creaciones. Pero sí sabía que, en ese lugar, era una anomalía: no estaba muerto, como los grandes pintores que veía, y desde luego no era un personaje de un cuadro, o al menos era algo más que un personaje. De hecho, creía estar vivo en el mundo real, muy lejos de este lugar fantástico en el que se encontraba. ¿O quizá había muerto en el mundo real? Tal vez se había caído al entrar por aquella puerta buscando a su cachorro. ¿Y si estuviera soñando? André apenas podía encontrarle sentido a todo aquello.

En cualquier caso, tenía que decidir qué hacer. Podía cruzar el puente e intentar pasar por los otros cuadros hasta llegar al suyo y volver, resignado ante la desaparición permanente de las grandes obras de arte. Podía hacer las paces con la desilusión de no haber convencido a los cuadros para volver al mundo. O podía quedarse y probar suerte entre los grandes maestros del oficio que tanto amaba. La idea de regresar sin cumplir su misión le pesaba mucho. Anne le había dicho con toda claridad:

debía hacer todo lo posible por resolver el misterio de lo ocurrido. Regresar sin respuestas implicaría una derrota y André no quería fracasar. Por Anne, por él y por el mundo. Quería devolver los personajes a sus lienzos.

Rendirse era... impensable.

Y así, con el prado ya en completa oscuridad, André Bonhomme caminó unos pasos y se tumbó en la hierba. El aire era fragante y cálido. Mientras respiraba hondo y exhalaba, André miró hacia arriba. El cielo estaba lleno de estrellas, y las estrellas eran mucho más que los puntos luminosos a los que estaba acostumbrado. Estas estrellas se retorcían y giraban, como los cuadros de Van Gogh. La luna cambiaba de color, como si alguien la pintara un momento y la volviera a pintar al siguiente. Todo el mundo nocturno parecía un lienzo. André cerró los ojos. Los insectos zumbaban melodiosos y, a lo lejos, se oían voces, risas y alegría. No pudo evitar sonreír. En este mundo extraño y glorioso, él también se sentía en casa.

46

Cuando abrió los ojos a la mañana siguiente, André se encontró con una visión. Junto a él estaban Lisa Gherardini y Beatrice d'Este, quizá las dos mujeres más famosas que Leonardo da Vinci había pintado jamás. Lisa estaba radiante, la misma belleza que André había visto el día anterior. Beatrice lo veía impaciente, con la mirada severa clavada en él.

—¿Por qué duermes, André? —preguntó Beatrice.

—Estás perdiendo el tiempo —dijo Lisa.

—El señor quiere verte —añadió enseguida Beatrice.

André se levantó y se frotó los ojos. La pradera que lo rodeaba había cambiado de un día a otro. Las verdes colinas que había visto a su llegada estaban ahora llenas de la más asombrosa variedad de flores. Era como si la primavera hubiera llegado en cuestión de horas. A lo lejos, de pie junto a un gran olmo, André pudo ver la inconfundible figura de Leonardo. Junto a él había un caballete.

—Te está esperando —dijo Lisa—. Le dije que te gustan los paisajes.

47

A medida que se acercaba a Leonardo, a André se le iba haciendo más clara la imagen de lo que estaba a punto de experimentar. Da Vinci había colocado un gran lienzo cuadrado sobre un pesado caballete de madera. Estaba inmaculado. El lienzo lo estaba esperando.

—¡Ah, bueno! —Da Vinci saludó a André—. Buenos días. Nada como una noche de sueño al aire libre, ¿verdad?

André asintió.

Leonardo pasó la mano derecha por el lino perfectamente estirado.

—Lisa me dijo que te gustaban los paisajes y los colores, así que aquí tienes —dijo Da Vinci señalando el prado.

El paisaje no se parecía a nada que André hubiera visto antes. Flores de todos los colores posibles cubrían las suaves colinas hasta donde alcanzaba la mirada.

—¿Dónde está todo el mundo? —preguntó André.

—Están por aquí. Pero olvidémonos de ellos y de todo lo demás. Concentrémonos en lo único que debe importar —dijo Da Vinci—. El lienzo.

André se acercó al caballete y lo tocó. Siempre le había gustado la sensación de un lienzo completamente virgen, esperando a que el artista le diera vida.

—Respétalo —le ordenó Da Vinci—. Ahora abre el cajón.

André abrió el gran cajón delantero del caballete. Dentro encontró una paleta y una amplia gama de los más bellos pigmentos y óleos, listos para ser mezclados y preparados a su gusto. No eran materiales corrientes y modernos. Eran *los materiales de Leonardo*. André había estudiado durante mucho tiempo la forma en que los maestros del Renacimiento preparaban sus colores, y confiaba en poder hacerlo aquí. Pronto, la paleta se llenó de toques de pintura, listos para el lienzo.

—Muy bien —comentó Leonardo, caminando hacia André—. Ahora... ¡dame belleza!

Las palabras de Da Vinci retumbaron como la invocación de un hechicero, y André comprendió lo que tenía que hacer. Leonardo metió la mano en su jubón y le entregó un pincel. El joven pintor sintió un escalofrío al cogerlo de las manos rugosas del maestro. Tenía entre los dedos el pincel de Leonardo da Vinci. Era más pequeño de lo que esperaba, el mango de madera estaba desgastado tras años de uso. Pero las cerdas eran delicadas y sedosas, suaves y de formas perfectas; brillaban intensamente, captando el resplandor del día en cada diminuto filamento.

—Vamos, vamos —dijo Leonardo, dando un paso atrás—. Exígele a los colores. ¡Vamos!

André cogió el pincel y lo mojó en ocre. Dio una pincelada tentativa sobre el lienzo, intentando sugerir primero la forma de las colinas. Estaba nervioso, ¿y cómo no iba a estarlo? El mismísimo Leonardo da Vinci lo estaba observando pintar.

—¡Ten confianza! —Da Vinci lo aconsejó, inmediatamente—. Deja que tu vista haga el trabajo. ¡Confía en tus ojos!

Animado, André trazó una línea y luego otra. Pronto, en el lienzo, las ondulantes alturas empezaron a cobrar vida.

—Ahora, exige que salgan los colores. ¡Convócalos! —ordenó Da Vinci, sonando de nuevo como una especie de mago.

En lo profundo, André entendió lo que quería decir el maestro. De repente, empezó a pintar con frenesí, mojando el pincel en amarillo, ocre, rojo y amarillo de nuevo, dejando caer cientos de flores sobre el lienzo. Les dio estructura, profundidad y sombras. Nunca había sentido tanta emoción. André limpió el pincel y comenzó a pintar el cielo, con sus caprichosas nubes, y el sol que parecía girar como un disco mágico. Cuando levantó la vista, una bandada de pájaros pasó volando, cruzando el horizonte. André los captó en pleno vuelo, la forma de sus alas extendiéndose en el centro del lienzo.

—¡Sí! —Da Vinci exclamó, encantado—. ¡Sí!

Durante las horas siguientes, mientras el pincel de Da Vinci bailaba en su mano sobre el lienzo, André terminó el cuadro. A pesar de su edad, Leonardo no se había movido ni un milímetro. Se había quedado allí, mirando el trabajo de André, guiándolo, aconsejándolo, como si André fuera un discípulo querido. Al cabo de un rato, cuando André había terminado de añadir cientos de pequeños toques de luz a los árboles que rodeaban el prado, Leonardo lo agarró del hombro.

—¡Alto! —dijo, con severidad—. Ahora, un paso atrás.

Ambos retrocedieron unos pasos y miraron el cuadro. André no podía creer lo que veían sus ojos. Lo que estaba en el lienzo era una obra de tal belleza y precisión que, por un momento, dudó que fuera suya.

—Oh, es tuyo. Es tuyo, mi amigo. De nadie más —dijo Leonardo, como si leyera los pensamientos de André.

André miró al maestro y asintió, respetuoso. Aún tenía el pincel de Leonardo en la mano derecha, cubierto de pigmento y sudor. Quiso devolvérselo.

—No, no: en absoluto —Da Vinci dijo—. Quédatelo. Te lo has ganado. Nos has dado belleza. La herramienta ya no es mía.

Da Vinci sacó un pañuelo verde de seda del bolsillo de su jubón y envolvió el pincel. André miró el regalo con incredulidad. Volvió la vista al cuadro que acababa de terminar bajo la atenta mirada y la tutela de Leonardo. Y luego miró a su derecha. Lisa estaba allí, de pie bajo la luz del sol, luminosa.

Estaba radiante.

Estaba orgullosa.

Por primera vez en muchos años, André Bonhomme se sentía visto. Se sentía comprendido.

48

Leonardo da Vinci invitó a André a almorzar con él y los demás. «El arte debía celebrarse siempre», dijo, «y la llegada de un nuevo gran artista aún más». André caminó con Leonardo y Lisa hacia una mesa enorme en el extremo opuesto de la pradera. Había sillas cuidadosamente dispuestas hasta donde alcanzaba la vista.

—Pronto se nos unirán todos —dijo Leonardo.

Y efectivamente, justo cuando André, Lisa y Leonardo se sentaron, cientos de personajes del mundo del arte empezaron a aparecer desde más allá de las colinas, como si hubieran recibido instrucciones de esperar hasta el momento oportuno para sorprender a André. Cerca del puente, apareció un grupo más pequeño. Eran los artistas. André reconoció a todos, a algunos que había visto antes y a otros que veía por primera vez. Se emocionó especialmente cuando vio la inconfundible figura de Miguel Ángel, el gran maestro que, como Da Vinci, había moldeado la forma en que el mundo ve el arte. Miguel Ángel vestía una túnica marrón. Su famosa barba tupida, su nariz torcida y sus ojos melancólicos se iban perfilando lentamente a medida que se acercaba a la mesa. Leonardo llamó a sus compañeros.

—¡Aquí, aquí! Vengan a conocer al maestro Bonhomme, uno de los nuestros —dijo Da Vinci—. Vengan a ver su trabajo.

André estaba confundido. Pensaba que había dejado su cuadro del paisaje floral en el prado, sobre el caballete de Leonardo. Pero, cuando los artistas se acercaron, el caballete y el cuadro estaban allí, cerca, a la vista de todos. Y todos lo vieron. De Rembrandt a Rafael, pasando por Vermeer, todos los grandes maestros rodeaban el caballete. André los oía comentar sus pinceladas, sus colores y sus formas.

—¡La profundidad es estupenda! —dijo Veronese, mirando a André con camaradería.

—¡Enhorabuena, buen hombre! —dijo Rafael, con gracia.

—Amigo, no creía que tuvieras esto dentro. Me has sorprendido —añadió Velázquez.

De pronto, alguien más se acercó al lienzo. Era un hombre de brillantes ojos azules y el cabello pelirrojo. Llevaba una gastada boina de color azul. Era Van Gogh. André dio un paso atrás para dejar pasar al gran artista holandés. Van Gogh, maestro inigualable en el uso febril del color, miró el cuadro con cuidado y miró a André a los ojos.

—Me gusta —dijo escueto, y se dirigió a la mesa.

André sabía que Van Gogh era profundamente tímido, y sus palabras concisas lo llenaron de emoción. No se le ocurría ninguna respuesta. Estaba abrumado.

Miguel Ángel fue el último en aproximarse al lienzo.

Sin mirar a André, se situó a un par de metros del caballete. André sabía que Miguel Ángel era famoso por su mal carácter. Era un hombre irascible. Pero también, como Van Gogh, era de pocas palabras, profundamente reflexivo. Por encima de todo, Miguel Ángel era conocido como el maestro más notable del mundo del arte. Arquitecto, pintor, escultor... lo había hecho todo y lo había sido todo. Quizá lo sabía todo también. De pie frente al cuadro de André, Miguel Ángel no dijo nada por un largo rato, inclinando la cabeza a derecha e izquierda, estudiando la estructura de la obra. Finalmente, se volvió y miró a André.

—Es tarea de cada uno de nosotros descubrir lo que el lienzo ha decidido ocultar, sacar la belleza de su cueva —dijo el maestro, lentamente—. Usted, señor, lo ha hecho. Enhorabuena.

Miguel Ángel se dio la vuelta y se sentó a la mesa.

A André se le llenaron los ojos de lágrimas.

—Vamos, André —llamó Lisa—. Vamos a comer.

49

La mesa se fue vaciando a medida que avanzaba la tarde. André vio a muchos de los personajes levantarse de sus asientos y caminar hacia su lienzo. Todos lo felicitaron por su maestría y originalidad, y luego se marcharon a pasear por el prado, a conversar o tal vez a descansar por la noche. Lo mismo ocurría con los grandes artistas con los que acababa de compartir una comida. Al final, André se quedó solo en la cabecera de la mesa, charlando con Rafael sobre la vida en Italia hace medio milenio. Unos minutos antes de la puesta de sol, el gran maestro italiano se despidió de él.

—Ahora debo descansar, amigo. Ha sido un día emocionante —dijo Rafael—. Creo que tú también deberías levantarte y, pienso, acercarte a tu lienzo. Alguien parece estar esperándote.

André se volvió hacia el caballete y encontró a Lisa de pie delante del cuadro, mirando atentamente cada pincelada. Se levantó y caminó hacia ella. Sin apartar los ojos del lienzo, Lisa empezó a hablar.

—Esto es extraordinario, André. Recuerdo que me dijiste que te gustaba pintar, pero nunca esperé algo así.

—Tal vez no fui yo, Lisa —dijo André—. Tal vez fue sólo el pincel de Leonardo.

—No, no lo fue —protestó ella, aún estudiando el cuadro—. Lo que importa es tu mano, no lo que llevas en ella. Tu arte no tiene nada que ver con tus herramientas. Esto de aquí eres tú. ¡Qué belleza!

André pudo ver que Lisa estaba realmente conmovida por el cuadro. La había cautivado profundamente. Era la forma en que el arte de verdad estremecía a la gente que lo aprecia.

Y entonces, lo supo.

—Lisa —empezó—. ¿Ves lo que sientes cuando miras el cuadro? ¿Esa calidez, esa sensación de comprensión? ¿Cómo, en cierto modo, te hace *crecer el corazón*?

Ella lo miró y asintió.

—Pues eso es exactamente lo que sienten todos los que te visitan en el museo. A ti, pero también a cada uno de esos personajes que has traído aquí.

Lisa permaneció en silencio durante unos minutos.

—Ésta es tu casa, pero *tú eres nuestra casa* —dijo André—. Ya lo sabes.

La Mona Lisa se dio la vuelta. Con esos ojos descomunales brillando intensamente, dio unos pasos hacia André. Le tomó la cara con las manos, casi acariciándolo.

—Eres un buen hombre, André Bonhomme.

Y con eso, se alejó hacia el prado.

50

Un alboroto despertó a André a la mañana siguiente. Cuando abrió los ojos, vio a un gran grupo de personas caminando hacia el puente. Los personajes se marchaban. Se puso en pie de un salto y corrió hacia donde vio a Leonardo, Miguel Ángel y los demás maestros.

—¿Qué pasa, maestro? —preguntó a Leonardo.

—Ella los está guiando de vuelta. Como debe ser —dijo Leonardo.

André avanzó unos pasos hasta que vio a Lisa Gherardini alejarse, guiando al grupo como un pastor. Cientos o más la seguían en una procesión. Todos parecían animados, felices de caminar por las colinas del hermoso paisaje italiano. Al llegar al final del puente, Lisa miró hacia atrás. Vio a André allí, de pie junto a Leonardo. Se llevó las manos a los labios y se despidió con un suave beso. Conmovido, André le sonrió, mirándola directamente a los ojos.

Por un momento, André tuvo el impulso de seguir a Lisa y sumarse al grupo que había cruzado el puente. Pero algo se lo había impedido. En el prado, los maestros de la pintura se habían congregado detrás suyo. Quizá, pensó, ése era el mundo al que pertenecía realmente. Después de todo, durante casi toda su vida se había refugiado en los lienzos, en los trazos de todos esos grandes artistas que ahora parecían darle la bienvenida.

—Puedes quedarte si quieres —le dijo de pronto Leonardo—. Aquí hay lugar para ti.

André miró a Da Vinci y decidió quedarse.

51

Ya era media mañana cuando Monique Vera llegó al Louvre. Llegaba tarde, pero la noche había transcurrido tranquila. Por primera vez en meses, había decidido tomarse su tiempo. La crisis no se había disipado y debería haberse sentido ansiosa, pero no fue así. Todo lo contrario: estaba en paz. Al entrar en el edificio, un grupo de curadores corrieron hacia ella.

—¡Señora directora, por favor, venga a ver! —dijo uno de ellos—. ¡Es un milagro!

52

Monique irrumpió en la sala 711 y miró a su alrededor. Los personajes de *Las bodas de Caná* de Veronese estaban de nuevo en su sitio. Los marcos de todos los demás maestros italianos rebosaban de sus luminosos personajes. Y allí, en el centro de la galería, la *Mona Lisa* volvía a sonreír. Monique se acercó a la obra maestra de Leonardo y miró a su derecha. Se dirigió hacia la pared y se quedó allí, mirando asombrada. El pequeño lienzo sin marco de André Bonhomme seguía allí colgado, con su geométrico cielo azul y su gigantesco y luminoso bosque verde, la luz cayendo suavemente entre las ramas.

—Qué paisaje —susurró Monique Vera—. Qué *hermoso paisaje*.

El hombre del centro, de rasgos muy definidos, había desaparecido.

53

Sentada en La Balance, Anne miró el reloj. Eran las ocho y cuarto y André no había llegado. Se había asomado al balcón de enfrente con la esperanza de verlo. Pero no estaba. Apenas se conocían, pero Anne intuía que André no era impuntual. La despedida de la noche anterior la había dejado preocupada. ¿A dónde había ido André después de esa plática cerca del Sena? Anne pensó que lo más probable era que André hubiera regresado ya tarde a su departamento. Por la mañana se había asomado con la esperanza de ver a André en el balcón de su buhardilla, bajo el toldo azul y blanco. Pero la puerta del balcón estaba claramente cerrada. Tal vez se había levantado muy temprano y se había ido directamente al museo, esperando que, de algún modo, la gran desaparición ya no existiera. Pero eso no parecía propio de André. Para entonces, ya eran más de las nueve. Anne no podía esperar más. Dejó cinco euros sobre la mesa y cruzó la calle. Entró en el edificio de André y subió corriendo las escaleras.

Recuperó el aliento antes de llamar a la puerta.

—¡André! —gritó—. ¡André! ¿Estás ahí?

No hubo respuesta.

Anne volvió a llamar. En voz alta.

—¡André! Soy yo. Abre, por favor.

Decidió probar en el museo con la esperanza de que André hubiera tenido prisa u olvidado su cita con ella en La Balance, pero antes de bajar corriendo las escaleras, giró la manija de la puerta. Para su sorpresa, se abrió. Ahora estaba alarmada. André no era el tipo de persona que dejara la puerta abierta.

Anne entró en el departamento.

—¿André?

No tardó en darse cuenta de que su amigo ya no estaba allí. La cocina estaba impecable y la cama hecha: no parecía que André hubiera pasado la noche en casa. Anne atravesó el departamento y abrió la puerta del balcón. Salió y miró hacia el sur. Desde allí podía ver claramente su propio departamento, como lo había visto André. Casi podía sentir su mirada. Cuando volvió a entrar, se fijó en algo. Había un lienzo pequeño puesto de espaldas, apoyado contra la pared. Intrigada ante el aparente secreto, Anne lo volteó. Era el retrato de una mujer al borde de un estanque. Estaba rodeada de flores y árboles exuberantes. Brillantes luciérnagas volaban sobre el lienzo. El estanque estaba lleno de nenúfares, como el Monet favorito de Anne. El cabello de la mujer flotaba al viento.

Era un cuadro de ella. Y para ella.

Estaba firmado *André Bonhomme*.

54

Para André, el tiempo comenzó a transcurrir a un ritmo distinto. La vida en el mundo del arte era muy diferente al trajín del mundo que había dejado atrás. No sabía cuántos días había pasado ya ahí dentro. Tampoco parecía importarle. Para André, habitar dentro del prado italiano que había pintado Leonardo, y estar cerca no sólo del maestro sino de todos los grandes artistas de la historia era un sueño hecho realidad. Ahí dentro no había preocupaciones. Lo único que importaba era el arte. Cada amanecer traía un paisaje diferente para plasmar. Los maestros que se reunían en la mesa hablaban el mismo idioma, el único lenguaje con el que André se había sentido cómodo desde muy niño: el de la pintura. Para André, las obras de estos genios del pincel habían sido siempre un refugio, el gran antídoto para la soledad y la tristeza. Después de la muerte de su madre se había refugiado en el arte. Lo mismo había hecho frente a las burlas de sus compañeros de escuela. A cada paso, el arte se había vuelto un lugar seguro. Ahora, después de un acto de magia que todavía no entendía a cabalidad, André estaba en una especie de paraíso donde no había un solo momento de incomodidad. Todos allí lo entendían y lo valoraban por quien era, sin juzgarlo. En algunas de esas noches bajo cielos repletos de estrellas, André reflexionaba sobre su nueva felicidad. Aquello se sentía como un anhelo cumplido. No había burlas, ni dudas, ni soledades. Se sentía a salvo.

Quiso quedarse allí para siempre.

55

Era sábado.

Habían pasado unas semanas desde el final de la gran desaparición, y la gente había vuelto en masa al Louvre y a los otros grandes museos que habían perdido piezas durante aquellos fatídicos días. André había tenido toda la razón. La desaparición de las obras maestras parecía haber enseñado a la gente a mirar el arte de otra manera. Cuando Anne entró en la sala 711, se dio cuenta de que nadie hacía fotos ni grababa nada. Como todos los demás museos del mundo, el Louvre había decidido pedir a la gente que guardara sus teléfonos en los bolsillos. «El arte merece ser visto» rezaban los carteles por todo el museo. Había sido idea de Monique, y sus colegas directores de museos habían seguido su ejemplo con gusto. Ahora, los visitantes prestaban mucha atención a la *Mona Lisa*, mirándola directamente a los ojos.

Anne se acercó a la barandilla de madera que protegía el cuadro. Había estado allí todos los sábados desde que Lisa y los demás habían vuelto.

—*¿Está ahí dentro contigo?* —preguntó susurrando, casi como un secreto entre amigas.

Pero Lisa permaneció inmóvil, mirando a Anne con aquella legendaria y enigmática sonrisa.

Anne estaba allí para ver a Monique. La mañana siguiente a la reaparición de los cuadros, Monique la había llamado para contarle sobre la desaparición de André en su lienzo. Podía oír la angustia de Anne al teléfono. Ninguna de las dos podía entender lo que le había ocurrido a André, pero ambas deseaban que algún día resurgiera y les contara sus aventuras. Al menos ésa era su esperanza. Mientras tanto, dijo Monique, tenía algo que le pertenecía a Anne. Había quedado de verse con ella allí, en el museo, a las doce en punto.

Monique vio a Anne delante de la *Mona Lisa*. Se acercó en silencio y le tocó el hombro. Cuando Anne se dio la vuelta, se abrazaron. Eran las dos únicas personas en el mundo que podían contar, o al menos tratar de contar, cómo la mujer del lienzo y los muchos otros personajes de todo el mundo habían reaparecido en sus marcos una noche mágica apenas un mes antes.

—¿No sabemos nada? —preguntó Monique.

Anne negó con la cabeza. Tenía los ojos llenos de lágrimas.

—Ven —dijo Monique—. Tengo algo que darte.

Tras dejar atrás la sala 711, las dos mujeres bajaron las escaleras de mármol del museo. Monique pasó junto a un grupo de maravillosas esculturas griegas y se adentró en los pasillos interiores del museo, donde sólo podía entrar el personal autorizado. Pronto llegaron a una gran sala donde Anne pudo ver a un grupo de restauradores trabajando de manera diligente en los cuadros. Pasaron junto a sus mesas, llenas de barnices, utensilios, pinceles y paletas de aspecto extraño. Al acercarse a la puerta, Anne vio un cuadro cuidadosamente envuelto en tela blanca. Supo de qué se trataba. Monique lo cogió con cuidado y se lo entregó a Anne.

—Es tuyo —dijo—. Siento no habértelo dado antes, pero necesitábamos enmarcarlo bien. Cuídalo. Algún día podría volver a las paredes del museo.

Se tomaron un momento para mirarse a los ojos.

—Lo extraño —dijo de pronto Anne.

—Yo también —le respondió Monique, abrazándola otra vez.

56

Una hora más tarde, Anne estaba de vuelta en su departamento. Se había tomado su tiempo caminando, llevando el cuadro de vuelta a casa. Era un sábado de verdad luminoso. Deseaba que André estuviera allí para disfrutar con ella de los colores del cielo. Lo pensaba todo el tiempo, añorando su compañía. El mundo entero estaba feliz, pero ella no podía compartir esa alegría universal. Para Anne, la reaparición de los cuadros estaba incompleta. En algún sentido, incluso la resentía. ¿Qué importaba que todo el arte hubiera vuelto si André se había esfumado como si nunca hubiera existido?

Anne abrió la puerta de su departamento y colocó el cuadro envuelto sobre la mesa. Con mucho cuidado, empezó a destaparlo. Al retirar la última capa de tela, el cuadro apareció por fin y sus ojos se llenaron de lágrimas. Monique había elegido un hermoso y lujoso marco de madera tallado a mano. Era claramente una antigüedad, quizá de la colección del museo. Los colores brillantes de André saltaban a la vista. El cielo geométrico. Los árboles con sus ramas vigorosas. La inmensidad del paisaje. Anne lo cogió. Ya había elegido un lugar, en la pared que daba a la calle, la que André podía ver desde su departamento, no hacía tanto tiempo. Tomó martillo y clavos y preparó el lugar que había escogido para la obra. Lentamente, levantó la obra y la colocó, unos centímetros a la derecha del cuadro que André había pintado para ella.

Anne retrocedió unos pasos y sonrió. Dos hermosos cuadros, uno al lado del otro. Sólo faltaba su creador.

57

En el mundo del arte, André había comenzado a sentirse uno más en una comunidad de maestros.

Se había construido una rutina. Por la tarde caminaba y exploraba el paisaje italiano de Leonardo. Era inagotable. André descubría un nuevo detalle cada día. Después, a media mañana, se sentaba con los artistas a la mesa. Aunque lo trataban con calidez, André se dedicaba a escuchar. No sabía cómo era posible que la vida le hubiera regalado el privilegio de estar ahí, en el hogar de los grandes virtuosos de la historia, aprendiendo. Todos tenían anécdotas extraordinarias. Y aunque no todos habían coincidido en la misma época, los unía el mismo amor por el pincel y el óleo. De pronto discutían. Vermeer, maestro de la precisión, trataba de entender por qué a Van Gogh le gustaba pintar con pinceladas gruesas e imprecisas. Velázquez le insistía a Rembrandt sobre el uso de la luz. André ponía atención a cada plática.

Al principio, como era natural, se había concentrado en aprender todo lo posible de cada uno de los genios que se congregaban en el gran prado. No se perdía un solo detalle. Observaba con cuidado cómo los grandes pintores imprimaban sus lienzos de lino para prepararlos antes de comenzar a pintarlos, aplicando una capa de tiza, yeso y otras sustancias que André desconocía. También le gustaba ver cómo los maestros ajustaban sus marcos en sus respectivos caballetes. Algunos preferían pintar de pie y otros sentados en bancos que a André le parecían muy incómodos. Cada uno tenía hábitos propios, como quien prepara sus herramientas de trabajo cada mañana.

Con el permiso de los artistas, André pasaba horas observando cada una de las etapas de preparación de una nueva obra. Quedó asombrado por el meticuloso proceso del maestro Rembrandt, que bosquejaba la escena a pintar antes de siquiera comenzar a mezclar sus óleos. A Van Gogh, un hombre discreto que rara vez cruzaba palabra con sus colegas, le gustaba dibujar usando pequeñas plumas con las que capturaba hasta el más mínimo detalle. André comprendió que, sin importar la época o el estilo, los grandes maestros siempre ensayaban una y otra vez lo que iban a pintar. El genio estaba en la preparación. «Un artista que no pasa horas pensando frente al lienzo es un artista holgazán», le había dicho Rembrandt una tarde. Y tenía razón.

Pero no todo era la disciplina del arte. Poco a poco, André ganó confianza para hacerse de algunas amistades. En largas conversaciones logró descubrir lados de aquellos maestros de la pintura que poca gente conocía. Para su sorpresa, de los primeros en acercársele fue Peter Paul Rubens, uno de los grandes maestros del siglo XVII. Antes que hablar de pintura, Rubens le preguntó a André sobre literatura. Quería saber si la gente leía y *cómo* leía en el tiempo de André, medio milenio después de la vida de Rubens. André no tardó en descubrir la razón detrás de la curiosidad de Rubens. En su época, había sido uno de los más extraordinarios coleccionistas de libros. Rubens mismo presumía de contar con al menos diez mil libros, un número inmenso para el año 1600.

Otros también querían saber más sobre la época moderna. Como era de esperarse, Leonardo no paraba de preguntarle por el mundo. Después de todo, además de un genio del arte, Da Vinci había sido un inventor magistral. A Da Vinci le interesaba particularmente la evolución de una de esas ideas que él había tenido antes que nadie: las máquinas voladoras. A Leonardo, la idea de que el hombre podía subirse a un tubo de metal e, impulsado por poderosas turbinas montadas en alas enormes, llegar al otro lado del mundo en cuestión de horas le parecía algo casi divino. Da Vinci quería saber todos los pormenores: cómo se sentaban las personas, quién conducía la aeronave, qué ocurría si uno de los motores dejaba de funcionar en el aire y otras dudas más bien técnicas para las que André no tenía respuesta alguna.

Quizá una de las amistades más inesperadas para André fue la que comenzó a construir con una de las figuras más importantes del Renacimiento, un hombre respetado por cada uno de los artistas reunidos en el gran prado de Da Vinci: Alberto Durero. Vestido con los largos ropajes típicos de finales del siglo XV, el pelo largo y la mirada penetrante que el mismo Durero había hecho famosa en sus autorretratos, el maestro alemán era inconfundible.

Se conducía con gran serenidad, caminando entre los árboles y bosquejando. André se le acercó una mañana para preguntarle cómo era la vida tanto tiempo atrás. Durero le confesó que, para él, el arte también había sido una forma de escapar. Su padre quería que Durero siguiera la tradición familiar y fuera orfebre, pero el joven Alberto tenía una fascinación por la naturaleza. «Cada cosa que veía... cada cosa quería pintarla», le confesó Durero a André, que se sintió identificado con lo que le contaba el gran maestro renacentista. Durero le compartió a André su amor por el mundo natural. Le contó cómo, siendo un adolescente, pasaba largas horas observando los filamentos de las alas de las aves, tratando de capturarlos de manera fiel con lápiz y, después, pintura. Por eso le gustaba pasear entre las generosas frondas del prado de Leonardo. Ahí se sentía en casa, como en los años que había pasado en el norte de Italia siendo muy joven, estudiando la manera única en que la luz de esa parte del mundo hace todo más bello.

Además de Durero, André consiguió hacerse de la amistad de Caravaggio. Por las tardes le gustaba sentarse a conversar con él; de todos los grandes artistas italianos, era quizá el más original. En persona era un tipo muy singular: apasionado e irritable, pero también cálido y simpático. No se guardaba nada. Decía lo primero que le venía a la mente. A André no le sorprendía que, en vida, Caravaggio hubiera tenido tantos problemas con la ley. Su locuacidad no conocía límites y podía llegar a la imprudencia. Pero también era entrañable. Como André, Caravaggio había perdido a casi toda su familia siendo muy joven. La pintura también había sido su salvación, al menos por un tiempo.

Una tarde, Caravaggio se acercó y, con ese estilo tan peculiar que algunos confundían con rudeza, lo había invitado a pintar.

—Anda, niño —le había dicho—. Quiero que me cuentes de tu mundo.

Y fue así como, mientras pintaban uno junto al otro, André le había platicado de su mundo a Caravaggio. El célebre maestro italiano no salía de su asombro. Sobre todo, Caravaggio le preguntaba a André por la gente. ¿Cómo eran las familias? ¿Qué lugar tenía la religión? ¿Los hombres seguían temiéndole a Dios? ¿Cómo aprendían los niños? ¿Cómo cuidaban a los viejos? ¿Cómo se enamoraba la gente si iba tan aprisa? André trataba de responder las dudas del maestro lo mejor posible.

Una tarde, de pronto, Caravaggio le hizo a André una confesión.

—¿Quieres saber cuál es mi mayor deseo? —le preguntó.

—Me encantaría —dijo André sin quitar la vista del lienzo en el que había empezado a trabajar.

—Daría cualquier cosa por tener un día más allá afuera. Caminar por las calles que me has descrito. Mirar ese mundo otra vez. Estar vivo, entre la gente. Poder besar a una mujer y abrazar a los amigos. Oír el bullicio. Sólo un día, André.

André lo miró atentamente. La súbita nostalgia de Caravaggio por el mundo real lo había sorprendido.

—¿Y tú, mi amigo? —le preguntó Caravaggio—. ¿Cuál es tu mayor deseo?

58

Para Anne, el tiempo pasaba muy despacio. Casi sin darse cuenta, los días se habían convertido en semanas. Las semanas pronto se hicieron meses, y la impaciencia de Anne por saber qué había ocurrido con André había dado paso a una constante tristeza. No entendía cómo era posible que todos los personajes de todos los cuadros del mundo hubieran regresado plácidamente, mientras que André no aparecía. Nadie lo había visto. Nadie sabía nada de él. Su desaparición parecía definitiva. Tanto así que Anne había tenido que rogarle a la administración del edificio de André que no vaciara la buhardilla del toldo azul y blanco. Anne incluso se había ofrecido a pagar la renta de André, con tal de asegurarse de que el departamento estuviera listo para su eventual regreso.

Pero André no estaba por ningún lado.

Para Anne, la espera se había vuelto inmanejable. Unos días después de la desaparición de André, y por consejo de su editor en el periódico, Anne había hablado con la policía de París. Trató de explicar que André se había despedido de ella una noche cerca del Louvre y no había vuelto jamás. Se había abstenido de agregar algún detalle mágico. Sabía que las autoridades jamás creerían el papel que había tenido André en la reaparición de la Mona Lisa. Tenía que ser cuidadosa y concentrarse sólo en los detalles creíbles. Pero eso implicaba un problema: la policía trató el caso de André como cualquier otra desaparición. Al principio le habían dicho que André seguramente se había ido de viaje y regresaría pronto. Cuando Anne siguió insistiendo, llamando al menos una vez al día, los oficiales accedieron a realizar una búsqueda en los archivos de los días anteriores. No encontraron nada. Parecía como si André se hubiera esfumado con la misma intensidad misteriosa de los personajes en los cuadros.

Finalmente, cuando ya habían pasado cuatro semanas desde la desaparición de André, los oficiales recomendaron a Anne perder toda esperanza. Le explicaron que, si alguien no aparece después de 72 horas, las posibilidades disminuyen. Si no aparece después de un mes, le aseguraron de manera sombría, lo más probable es que nunca más vuelva a aparecer. Aun así, Anne se rehusaba a creer en un desenlace trágico. En el corazón, estaba segura de que André no había muerto. Todo lo contrario: estaba vivo, en alguna parte.

59

En el mundo del arte, la vida de André se había convertido en una serie de rutinas. Un día era muy parecido al anterior. Caminaba por las mañanas, conversaba con sus colegas a mediodía y pintaba por las tardes, cuando el sol ambarino del paisaje de Leonardo caía con particular nobleza. Manchadas de óleo, sus manos olían a pintura y pincel. Además, toda esa práctica había dado frutos. André estaba pintando con enorme soltura. Los consejos de los grandes maestros lo habían convencido de sus talentos como artista. Ahora tenía la confianza como para expresarse en el lienzo, sin temor a críticas o juicios. De la mano de sus héroes, André se había finalmente convertido en quien era.

Pero esa satisfacción lo había dejado extrañamente vacío. Comenzó a pensar que la confirmación de su capacidad para retratar el mundo con originalidad servía de poco si no podía compartirla. El arte se crea para ser visto. Esconderlo parecía un acto de mezquindad y, peor todavía, de cobardía. André empezó a sentir una profunda añoranza.

La sensación creció cuando André conoció a un hombre conmovedor. André lo había visto sentado a lo lejos por las tardes, debajo de un enorme ciprés. Iba siempre vestido con un saco color negro y una corbata apenas amarrada al cuello de la camisa blanca. Pintaba muy de cerca a su caballete lleno de colores. El hombre tenía el pelo ensortijado y una mirada que combinaba la curiosidad con la melancolía.

—¿Quién es? —le preguntó André una tarde a Caravaggio, señalando al hombre solitario.

—Es Marc Chagall, un excéntrico que pinta cosas que no entiendo —le respondió Caravaggio, siempre directo y ácido.

André sentía una profunda admiración por Chagall, uno de los artistas más queridos y admirados del siglo XX. Como André, Chagall era un enamorado del color. Pintaba ventanas, flores y cielos. A André siempre le había parecido uno de los grandes pintores de la felicidad. ¿Por qué entonces estaba solo? ¿Por qué, al menos a lo lejos, inspiraba tanta tristeza? André decidió averiguarlo.

60

André se acercó a Marc Chagall en una tarde particularmente esplendorosa. El prado estaba lleno de flores de un violeta intenso, un color tan imposible que André había tenido que arrancar un racimo para cerciorarse de que sus ojos no le mentían. Caminando entre flores, se aproximó a Chagall.

—Nunca había visto algo así —le dijo André, tratando de comenzar una conversación.

Pero Chagall no quitó la vista del lienzo en el que trabajaba. André dio un paso cauteloso para poder mirar lo que pintaba Chagall. Lo que encontró le quitó el aliento. Chagall había logrado capturar el tono de las flores en el prado y el movimiento del viento, que acariciaba la colina como una mano sobre terciopelo. Sólo alguien como Chagall podía conseguir algo así.

—Es hermoso, maestro —le dijo André.

Chagall bajó la paleta llena de óleos, descansó el pincel sobre el margen del caballete y volteó a ver a André.

—Le agradezco —le dijo, sin sonreír—. ¿Usted es el artista que llegó hace un tiempo para llevarse de vuelta a Lisa y el resto, ¿cierto?

André sintió un dejo de reclamo en las palabras de Chagall.

—No, no se equivoque —lo corrigió Chagall, leyendo la expresión en el rostro de André—. No se lo reclamo en lo más mínimo. Al contrario. Creo que el lugar de todos ellos no es aquí. Nosotros no los creamos para estar aquí. Los creamos para compartirlos.

André asintió.

—Lo que no entiendo, se lo confieso, es qué hace usted aquí todavía.

André no esperaba eso.

—Estoy aquí para aprender —le contestó a Chagall.

—Ya aprendió lo que tenía que aprender —le respondió el pintor—. Déjeme preguntarle. ¿Usted tiene a alguien allá afuera?

André pensó en Anne y vio a Chagall acercarse. Tenía los ojos tan azules que parecían casi blancos.

—Mire usted. Yo viví muchas cosas y vi muchos horrores. Pero también viví el amor. Un amor como ningún otro. El amor de Bella —dijo Chagall.

Las palabras de Chagall estremecieron a André. La historia de amor de Chagall y su primera esposa, Bella, era una de las más hermosas de toda la historia del arte. Bella lo había acompañado por años. Y no sólo eso: había aparecido en su arte infinidad de veces. A Chagall le gustaba pintar a Bella volando junto a él, su musa y su amor inspirándolo a cada paso. Pero la historia no había tenido un final feliz. Bella había muerto muy joven. Para Chagall, la muerte de su amor abriría una herida imposible de cerrar. Chagall la había pintado obsesivamente, una y otra y otra vez, como una manera de aferrarse a su recuerdo.

—No hay día, joven amigo, que yo no la recuerde —dijo Chagall, intuyendo que André, de alguna manera, conocía también la historia de ese gran amor.

Al escuchar a Chagall, André comprendió el porqué de la soledad de aquel gran maestro. El lienzo de Chagall podía estar vibrando, lleno de colores, pero su corazón estaba roto.

—No desperdicie el amor. Hágame caso. No lo desperdicie... porque se va —le dijo Chagall antes de fijar sus diáfanos ojos azules en el lienzo de las flores violeta.

61

El viernes que marcaba tres meses exactos de la desaparición de André, Anne informó a su jefe en *Le Monde* que se tomaría el día libre. Poco a poco había caído en cuenta de que, quizá, tendría que despedirse de André para siempre. Noventa días eran ya mucho tiempo. Nadie sabía realmente lo que había ocurrido con André, pero su ausencia no dejaba lugar a dudas. Por la razón que fuera, André se había ido para no volver jamás. Para Anne, la posibilidad de perderlo era como una herida abierta. Las semanas sin André la habían hecho darse cuenta del tamaño real de sus sentimientos. Estaba enamorada de André.

Anne decidió volver al lugar donde se habían visto por última vez. Trataría de recorrer los pasos de André en aquel atardecer en el que había desaparecido. Parada en el Puente Nuevo, Anne trató de imaginar hacia dónde había caminado André, lo que había hecho, qué decisiones había tomado. El puente estaba lleno de turistas y de vida. Muchos iban rumbo al Louvre y otros conversaban animados sobre la experiencia de haber visitado uno de los museos más extraordinarios del mundo. Toda esa gente le debía su felicidad a André. Sin André, ninguno de esos animados visitantes habría tenido el privilegio de ver a Lisa y a todos los otros personajes que, por arte de magia, habían vuelto después de la gran desaparición para volver a engalanar los muros del Louvre y de tantos otros recintos del arte en todo el planeta. Anne quería detener a cada uno de ellos para explicarles que, sin André, nada de eso habría sido posible. Le parecía injusto que el mundo no supiera lo que había hecho André... su André.

Sin saberlo, Anne siguió los pasos de André. Como había hecho André un par de meses atrás, pasó junto a la estatua ecuestre de Enrique IV y bajó las escaleras rumbo a la plaza Vert Galant. El parque estaba repleto de gente. Algunos hacían pícnic, otros más jugaban con sus hijos y algunos otros se veían a los ojos, enamorados. Anne los envidiaba. Se sentía cada vez más sola.

Anne llegó al final del parque y, como André, se detuvo debajo del sauce llorón. Respiró profundamente y cerró los ojos. El aroma del río le llenó los pulmones. El murmullo de las conversaciones animadas le hizo creer. No era posible que, en medio de tanta belleza, André Bonhomme simplemente hubiera desaparecido por completo. Anne no podía darse por vencida. Tenía que hacer algo para asegurarse de que André la escuchara, supiera de ella... volviera a ella.

Y había sólo una manera de conseguirlo.

62

Al día siguiente, Anne entró al Museo de Bellas Artes de Lyon ya muy cerca de la hora del cierre. No quería estar rodeada de multitudes. Porque, aunque no tenía duda de la autenticidad de la magia de André, nunca había tratado de emularlo. Jamás, ni en sus sueños más atrevidos, había considerado tratar de conversar con un objeto inanimado. Pero ésta era su última esperanza. Sólo Marie podía ayudarla a devolverle a André. Si se había ido entre la neblina de lo inexplicable, quizá ese mismo misterio podía regresárselo.

Una vez que los últimos turistas dejaron la galería, Anne se acercó lentamente al cuadro de Géricault. Anne recordaba con nitidez cada cosa que André había hecho allí, en ese mismo lugar, meses atrás, cuando ambos habían tratado de resolver la gran desaparición. Parada muy cerca de la pintura, y con el corazón latiendo a mil por hora, Anne jugó su última carta.

—Hola, querida Marie —le dijo Anne al cuadro.

La respuesta fue el silencio.

Por un momento, Anne tuvo el mismo miedo que André. ¿Qué pasaría si alguien la escuchaba hablándole a la pintura? ¿La llamarían *loca*? ¿Se burlarían de ella? No le importó.

—Necesito que me ayudes —le dijo Anne a la mujer en el lienzo—. No sé dónde está. No sé qué pasó con él. Yo sé que le dije que se fuera, pero no pensé que no volvería a verlo nunca más.

Anne miró fijamente el retrato de la mujer que había pintado Géricault tantos años atrás. La mirada de dolor de la mujer le tocó el corazón. Anne sintió cómo sus ojos se humedecieron súbitamente.

—No sé si me escuchas, pero si puedes decirle que regrese... por favor... hazlo.

Anne se dio la media vuelta y salió deprisa del museo.

La noche estaba a punto de caer.

63

Cuando despertó, André se dio cuenta de que algo había cambiado. El prado estaba vacío. Las voces de los maestros no se escuchaban por ningún lado. Preocupado, se puso de pie. De inmediato comenzó a sentir una angustia familiar. Se supo completamente solo. El viento comenzó a soplar con fuerza y André volteó a mirar la danza de las copas de los árboles. Cerró los ojos para escuchar la melodía de la naturaleza. Al abrirlos de nuevo, alcanzó a ver una silueta en la gran mesa. Era una sola persona, sentada al borde, como esperando algo. André comenzó a caminar y la figura volteó.

Era Marie.

Emocionado, André corrió hasta su lado. Al verlo, Marie recargó una mano sobre la superficie de la mesa y, con trabajo, se puso de pie. André se acercó y la tomó de las manos.

—Querida Marie…

—Mi muchacho —le dijo ella, como una madre.

Ambos se abrazaron. André cerró los ojos y respiró profundo.

—¿Qué haces aquí? —le preguntó.

—Vine a verte —dijo ella.

André miró a su alrededor.

—¿Has sido feliz aquí? —le preguntó Marie.

A André le sorprendió la pregunta. Toda la vida había soñado con estar donde ahora estaba. Había aprendido enormidades y disfrutaba de la compañía de los artistas que tanto admiraba. Pero algo le faltaba. En el fondo, había algo muy diferente entre él y cada uno de esos grandes pintores. André llevaba en los ojos una añoranza que ya comenzaba a manifestarse, y Marie lo entendió como entienden las cosas quienes realmente conocen el alma.

—Hace poco te preguntaron cuál es tu mayor sueño, ¿recuerdas? —preguntó Marie, como si hubiera estado presente en la conversación entre Caravaggio y André.

—Lo recuerdo —dijo él.

—Yo no sé si sepas cuál es tu mayor sueño, pero yo sí lo sé —dijo Marie—. Lo he sabido siempre, desde la primera vez que hablamos, cuando eras un niño. Tu sueño no está en el arte, André. Tampoco en esta soledad ni en esta rutina. Tu sueño te está esperando. Hay alguien que te espera. Ya no es aquí, André. Esto ya te ha dado lo suficiente. Éste ya no es tu mundo.

Marie tocó el centro del pecho de André.

—Desde que eras un niño, la belleza está aquí… dentro de ti —le dijo—. La respuesta está dentro de ti.

André cubrió la mano diminuta de la mujer y la miró a los ojos.

Marie le sonrió y lo invitó a mirar hacia el puente de Leonardo por el que había partido Lisa. Al voltear, André sintió que el corazón le daba un vuelco.

Allí, robusto y grande, parado orgulloso en la cúspide del puente, estaba el perro marrón de André. Ya no era el cachorro que había visto en la ventana de aquella tienda de mascotas en Lyon. Tampoco era el que lo había guiado mágicamente al mundo del arte. Ahora era ya un perro entrado en años, con el hocico y el largo pelaje pintados de blanco por la edad. Y entonces, con un ladrido sonoro y grave, como la voz de un viejo sabio, el perro noble de su infancia lo llamó a cruzar de vuelta a la vida.

64

Anne Robert no vio el momento exacto, pero ocurrió cerca del amanecer, justo cuando el sol se asomaba por primera vez para iluminar los techos de París. Mientras Anne dormía, en el cuadro del paisaje de cipreses y de cielo azul geométrico que colgaba en la pared, un rostro comenzó a revelarse lentamente. Poco a poco, trazo a trazo, pincelada por pincelada, André Bonhomme volvió a ocupar el lienzo hasta quedar claramente delineado una vez más. Los ojos del hombre en el cuadro miraban fijamente a la joven mujer acostada en el sillón, cubierta apenas por una ligera frazada.

En ese instante, la luz matinal parisina entró por la ventana y cubrió el rostro de Anne. El resplandor la invitó a abrir los ojos. Tardó unos segundos en acostumbrarse al brillo. Cuando lo hizo, levantó la mirada hacia el cuadro.

Al mismo tiempo, al otro lado de Rue Blondel, en la buhardilla con el toldo azul y blanco del último piso del edificio, André Bonhomme abrió las puertas de su pequeño balcón. Con los zapatos aún mohosos por el camino recorrido, se acercó a la orilla y observó la ventana donde tantas veces había visto aparecer a la mujer que lo había descubierto, que lo había enviado al mundo del arte para rescatar la belleza y, ahora, lo había traído de regreso. Y allí, mirándolo, envuelta en luz, estaba ella.

Epílogo

Muchos años después, cuando la gran desaparición y la aventura de André Bonhomme se habían convertido en un luminoso recuerdo, Anne Robert se encontró sentada en un banco de madera de un parque. Elisa, su hija, estaba a su lado. Anne veía que la niña se impacientaba. Sus pies golpeaban el suelo y pequeñas nubes de polvo le rodeaban los tobillos. Era lógico: cumpliendo diez años y llena de curiosidad. A su edad, Anne tampoco tenía muchas ganas de esperar.

—¿Qué me vas a regalar por mi cumpleaños? —preguntó Elisa.

Anne sonrió. La inquietud de su hija la divertía. Eran muy parecidas.

—Sabes que no puedo decírtelo antes de que llegue papá, y menos en tu cumpleaños, y mucho menos en *este* cumpleaños —dijo—. ¡Sería el fin del mundo!

La chica echó la cabeza hacia atrás y se quejó.

—¿Por qué *siempre llega tarde*? —preguntó, con su entrañable franqueza habitual.

—No lo sé, mi amor, pero créeme que eso hace que su entrada sea todavía más grandiosa —dijo.

La chica posó su mano derecha sobre el hombro de su madre.

—Juguemos a nuestro juego mientras esperamos, ¿sí? —dijo.

Anne asintió. Desde que Elisa era pequeña, le habían enseñado a observar la naturaleza con atención; a reconocer los colores, las formas y los sonidos de su entorno. Siempre habían sabido que tenía buen ojo. La niña podía mirar fijamente una mariposa y luego describir, con todo lujo de detalles, el color y el dibujo de sus alas.

—Muy bien, yo primero —dijo Elisa—. ¡Cuenta cada ventana de ese edificio a nuestra derecha, y hazlo tan rápido como puedas!

Anne empezó a señalar y a contar.

—Hay cincuenta y cuatro ventanas —dijo.

—*¡Exactamente!* —rió Elisa.

La chica se levantó del banco. Su vestido verde ondeaba junto con el rebote de sus largos rizos mientras señalaba las ventanas del edificio, haciendo un recuento de todas, grandes y pequeñas.

—Ahora me toca a mí —le dijo Anne a su hija—. Cuenta todos los tonos de azul del cielo y luego todos los colores que encuentres en el jardín.

Anne miró a su alrededor. El parque estaba precioso en esta época del año, con el sutil aroma de la lavanda y un toque de jazmín llenando el aire.

—Veo diez tonos de azul y al menos cincuenta y tres colores en los árboles y las plantas —dijo Elisa.

—*¡Exactamente!* —respondió Anne, encantada.

En medio de sus carcajadas, Elisa se dio vuelta y lo vio. Cruzaba la calle a paso ligero. Seguía siendo alto, delgado y llevaba gafas redondas; su melena castaña seguía allí, ahora con el principio de algunos toques de blanco. Llevaba una pequeña caja rectangular en el bolsillo del saco. Estaba envuelta en papel blanco y atada con un elaborado lazo rojo.

—¡Papá! —Elisa saludó a André—. ¡Y tienes mi regalo!

—¿Qué han estado haciendo? —dijo André Bohnomme, abrazando a su hija—. Perdón por llegar tarde.

—No te preocupes —dijo Anne, al tiempo que besaba suavemente a su marido en la mejilla.

—Ahora, vamos —dijo André—. El museo nos está esperando.

André cogió la mano de Elisa y, con Anne, cruzaron el parque. Al otro lado de la calle, las majestuosas puertas del Museo de Bellas Artes de Lyon estaban abiertas.

André y Anne subieron las escaleras con su hija. Una vez más, como había hecho desde que era niño, André cerró los ojos para guiar a su familia de vuelta a la sala donde descubrió su don por primera vez.

—¿Adónde vamos ahora, papá? —preguntó la niña—. ¿Vamos a ver otra vez uno de tus cuadros? Ya sé que están por todas partes.

André se echó a reír. Podía ver a Anne en la inteligencia y el entusiasmo de la chica.

—Hoy no —dijo—. Hoy no vamos a ver ningún cuadro mío. Hoy vamos a encontrarnos con una vieja amiga.

Cuando entraron en la galería, André sintió la misma emoción que había sentido por primera vez hacía tantos años. Había visto maravillas que ningún otro ser humano había visto jamás. Conocía secretos que había jurado guardar, historias de los más grandes artistas de la historia, a través de sus propios tiempos y más allá. Y se sentía bendecido. Había ido a un mundo secreto y había vuelto, por medios misteriosos que no comprendía del todo. Se había convertido en un verdadero artista y sus cuadros eran conocidos en todo el mundo. A pesar de todo, una cosa era más cierta que ninguna otra: mientras caminaba por prados, arroyos y antiguas salas, André siempre pensaba en volver aquí, a este lugar exacto, delante de este cuadro exacto, con esta mujer exacta a su lado, compartiendo los frutos de una vida juntos. *La vida estaba allí.*

—Marie —dijo André cuando los tres estaban frente al cuadro de Géricault—. Quiero que conozcas a mi hija, Elisa.

Elisa miró a su padre con los ojos muy abiertos.

—Papá, ¿con quién hablas? —le preguntó.

—Ven aquí —dijo André, pasando el brazo por los hombros de la chica—. Acércate a ella. Cuéntale un secreto. Ella sabe guardarlos.

—¿A quién? —preguntó la niña—. ¿A ella?

—Sí, mi amor —le dijo Anne, divertida—. A ella.

Elisa miró incrédula a su padre. Y entonces, como Anne tantos años antes, decidió confiar en la magia. Elisa dio dos tímidos pasos hacia delante, se llevó la mano derecha a los labios y le susurró algo a Marie. De repente todo quedó en silencio, mientras Elisa esperaba una respuesta.

—No oigo nada —se quejó.

—No te preocupes —dijo André—. Algún día lo harás.

André metió la mano en el bolsillo de su saco de pana y cogió la caja rectangular que con tanto cuidado había envuelto para Elisa.

Anne miró a su marido y sonrió.

—Esto es para ti, Elisa —dijo André.

Elisa tomó con cuidado la caja. Era tan ligera que parecía vacía. Por más que lo intentó, la niña no pudo adivinar lo que había dentro. Elisa desató el lazo rojo y desenvolvió el papel blanco. Dentro encontró una simple caja de cartón, alargada y rectangular. La abrió lentamente. Dentro, sobre un pañuelo de seda verde, estaba el pincel de Leonardo da Vinci, con sus cerdas suaves y antiguas brillando con la misma delicada belleza que habían tenido la primera vez que André lo había usado, años atrás.

—Gracias —dijo Elisa, intuyendo en lo profundo lo que tenía en las manos.

—Gracias a ti, hija —dijo André—. Un querido amigo me lo regaló una vez. Le habría encantado que lo tuvieras. Siempre fue para ti, creo.

La sala permaneció en silencio unos segundos, hasta que Anne tomó la palabra.

—Vámonos ya, no queremos llegar tarde a cenar. Tu tía Monique nos matará si perdemos el tren —dijo.

Elisa volvió a meter el pincel en la caja y ató de nuevo el lazo. Antes de irse, observó a Marie de nuevo. La niña cruzó miradas con los ojos sabios de la anciana que colgaba en la pared. Elisa tomó las manos de sus padres y comenzó a alejarse. Antes de abandonar la sala, la niña se detuvo un momento. Inclinó ligeramente la cabeza, como si captara un susurro en el aire. Elisa Bonhomme miró por encima de su hombro y esbozó una sonrisa cómplice y misteriosa.